KB066069

외로운 밤
찬 서재서 당신 그리오

유리창에 비친 아내의 모습

외로운 밤 찬 서재서 당신 그리오

가장

소중했던 사람,

아내에게

바치는 노래

정선용 엮고, 이미란 찍다

일빛

외로운 밤 찬 서재서 당신 그리오

— 아내에게 바치는 노래

2011년 12월 19일 초판 1쇄 인쇄
2011년 12월 26일 초판 1쇄 발행

옮긴이 | 정선용
찍은이 | 이미란

펴낸이 | 이성우
편집주간 | 손일수
편집 | 이수경 · 김정현
마케팅 | 황혜영

펴낸곳 | 도서출판 일빛
출판등록 | 제10-1424호(1990년 4월 6일)
주소 | 121-837 서울시 마포구 서교동 339-4 가나빌딩 2층
전화 | 02) 3142-1703~5
팩스 | 02) 3142-1706
전자우편 | ilbit@naver.com

값 15,000원
ISBN 978-89-5645-162-6 (03810)

어느 해 구정,
부모님을 뵈러 고향으로 가는 길이었다.
길이 막힐 거라 예상을 하고 새벽 일찍 출발하였다.
고속도로는 이미 수원 근처에서 막혀 있었다.
지루해서 잠이 쏟아지려고 할 때였다.
고속도로 곁에 까치가 날아와 앉았다.
아침 햇살을 받은 검푸른 까치의 깃, 참으로 고왔다.
이를 유심히 바라보던 아내가 진지한 얼굴로 말했다.
"저 새 참 곱다. 까마귄가?"
내가 핀잔을 줬다.
"이그 당신은, 까마귀는 까맣지. 저게 어디 까맣냐?"
한참 동안 까치를 보고 있던 아내가 머리를 갸웃하며 말했다.
"그럼 참샌가?"
내가 다시 핀잔을 줬다.
"참새가 저리 크냐. 참새는 요만하지."

그러면서 손가락을 모아 쳐들면서 눈앞에 들이대었다.
다시 까치를 보고 있던 아내가 심각한 표정으로 말했다.
"그럼 제빈가?"
내가 다시 핀잔을 줬다.
"겨울에 무슨 제비야. 제비는 강남 갔지."
그 순간 뒤에 있던 아이들이 배꼽을 잡고 웃었다.
한참 동안의 웃음이 잦아든 뒤에 아내가 말했다.
"나의 쪼크야!"
그 일로 인해 그날 우리는 지루하지 않은 귀향길이 되었다.

그랬던 아내,
지금은 내 곁에 없다.

아내는 30여 년을 교직에 있었다.
나와 학교에 대한 이야기를 하면서는,
우수한 학생들에 대한 이야기는 별로 한 적이 없다.
항상 소외되고 부족한 아이들에 대해서만 이야기했다.
아내가 영원히 떠나가던 날 아침에도,
소외된 아이의 이야기를 하면서 눈물을 글썽였다.

그랬다. 아내는 그랬다.
눈물 글썽이던 그 모습이 지금도 눈에 선하다.
학교에 있으면서 아이들을 보듬고 싶어했던 아내.

이제는 아이들 곁을 떠났다.

지난날들을 생각하면,
아내를 서운하게 했던 모든 일들이 후회스럽다.
아내가 잘못된 것도 모두 내 탓인 것만 같아 마음 아프다.

언젠가 처가에 가는 길이었다.
앞쪽에 흰색 줄과 국화로 장식한 영구차가 지나고 있었다.
그 차를 본 아내가 말했다.
“저 사람들은 참 좋겠다. 신혼여행 가니.”
내가 핀잔을 줬다.
“저게 신혼여행 차냐. 장례식 차지.”

돌아올 수 없는, 어두운 길을 가는 아내,
꽃장식한 신혼여행 차를 타고 가는 줄 착각한 채,
다른 세상으로 갔으면 싶다.
그렇게라도 생각해야만 내가 견딜 수 있기에,
그럴 거라고 생각해 본다.

언젠가 아내가 말했다.
내가 찍은 사진이 많이 모아진 뒤에,
내 사진과 당신의 시를 모아 책을 만들어,
우리를 아는 사람들에게 보이자고.

그랬던 아내,
자신이 좋아하던 사진을 찍던 중,
뜻밖의 사고로 인해 유명을 달리하였다.
아내가 찍어 놓은 사진만이 남았다.

남겨진 내가 이제
아내를 위해서 해줄 수 있는 것은,
아내와 약속하였던 책을 엮는 것뿐이다.
그래서 이 책을 엮었다.

시는,
한시(漢詩)에 대해서는 무지한 아내가
쉽사리 이해할 수 있는 시를 위주로 뽑았다.

사진은,
아내가 찍어놓은 사진 가운데서,
자연 풍경을 찍은 사진을 위주로 뽑았다.

번역은,
시만 읽고도 이해될 수 있도록 쉽게 하였으며,
한시의 특성에 맞게 운율을 고려하여 번역하였다.
남의 일로만 알았던 뜻밖의 이별,

당해보니 참으로 아프다.
그러나 남겨진 우리는 또다시 살아가야 한다.

아내와 내가 남기는 이 책이
아내의 모습을 기억하는 분들과,
나와 같은 아픔을 겪은 분들에게,
작은 위로가 되었으면 한다.

2011년 7월 한여름 서재에서

차례

1 장부의 눈물

— 아내에게 바치는 노래

1. 장부의 눈물

— 아내에게 바치는 노래

떠난 당신 그리워도 볼 수 없기에
之子不可思
외로운 밤 찬 서재서 당신 꿈꾸오
獨夢寒齋夕

— 오원吳瑗의 시 중에서

우리들이 일생을 사는 동안에 가까운 인연으로 맺어졌던 사람을 중간에 영영 떠나보낸다는 것은, 우리들이 겪을 수 있는 슬픔 가운데 가장 큰 것입니다. 그 중에서도 특히 자신과 함께 고락을 같이 한 아내를 다른 세상으로 영영 떠나보낸다는 것은, 여타의 다른 사람을 떠나보내는 것보다 훨씬 더 애통한 것입니다.

우리의 선인들은 아내가 죽어 지나치게 슬퍼하는 사람들을 보고 팔불출이라고 조롱하였습니다. 그러면서도 많은 사람들이 아내의 죽음에 대해 애통해 하는 시를 남겼습니다. 이것으로 보면 선인들이 팔불출이라고 조롱한 것은, 아내의 죽음에 대해 애통해 하는 사람을 어떻게 위로할 길이 없어서 역설적으로 그렇게 말한 것입니다.

아내를 영영 떠나보낸 뒤, 평소에 하던 일에 몰두하여 나의 마음을 추슬러 보고자 하였습니다. 그러나 어떤 일도 손에 잡히지 않아 아무 일도 할 수가 없었습니다. 이에 선인들의 문집 가운데에서 아내가 죽은 데 대해 애통한 심정을 읊은 도망시(悼亡詩 : 아내의 죽음을 슬퍼하며 지은 시, 죽은 아내를 슬퍼해서 지은 시)를 뽑아 정리하면서, 나의 마음을 추슬렀습니다. 이 장에서는 그때 정리한 시들 가운데서 쉽게 이해할 수 있는 비교적 쉬운 시들을 모았습니다.

꿈속에선 내 아내와 마주했는데

긴긴 밤은 다해 가고 달은 넘어가려는데,
이웃집서 새벽 닭이 자주 자주 울어대네.
이불 쓰고 앉은 채로 생각자니 서글퍼라,
꿈속에선 내 분명코 죽은 아내 마주했네.

星斗闌干月欲低　西隣頻唱五更雞
성두란간월욕저　서린빈창오경계

擁衾危坐翻惆悵　夢裡分明對故妻
옹금위좌번추창　몽리분명대고처

세종에서 성종 때까지 문병(文柄)을 장악하였고, 『동문선(東文選)』, 『동국여지승람(東國輿地勝覽)』 등을 편찬한 사가정(四佳亭) 서거정(徐居正 : 1420~1488)이 아내 선산김씨(善山金氏)의 죽음을 애도하여 쓴 이 시의 원제는 「효음(曉吟)」이며, 『사가집(四佳集)』에 실려 있다.

갑작스레 사별할 줄 내 몰랐어라

우리 둘이 부부 인연 맺은 지가 오십여 년,
이렇게도 급작스레 영영 떠날 줄 몰랐네.
아내에게 평상시에 잘해 주지 못했는데,
공경스레 날 대하던 아내 모습 사라졌네.
어젯밤에 아내 죽는 꿈을 이미 꾸었거니,
오늘 아침 아내 죽는 애통함을 당했구나.
백낙천과 황산곡은 나에 앞서 슬픔 겪고,
시부 읊어 아내 죽은 애통함을 노래했지.

琴瑟相諧五十霜　那知死別亦蒼黃
금슬상해오십상　나지사별역창황

無由遺肉如方朔　不復齊眉見孟光
무유유육여방삭　불부제미견맹광

昨夜已成炊臼夢　今朝謾作鼓盆傷
작야이성취구몽　금조만작고분상

樂天山谷能先我　作賦題詩爲悼亡
낙천산곡능선아　작부제시위도망

서거정이 지은 이 시의 원제는 「도처(悼妻)」이며, 「사가집보유(四佳集補遺)」에 실려 있다.
시 가운데 백낙천과 황산곡은 모두 중국의 시인으로, 아내의 죽음을 애통해 하는 시를 지었다. 또 원문 가운데 나오는 '방삭(方朔)'은 동방삭(東方朔)으로 황제가 내려준 고기를 아내에게 가져다 준 고사가 있으며, '맹광(孟光)'은 남편을 공경스럽게 섬기어 밥상을 올릴 적에 밥상을 눈썹과 나란하게 처들어 올렸다는 고사가 있는 인물로, 남편을 공경스럽게 섬긴 대표적인 여인이다.

당신 그려 온밤 꼬박 지세운다오

초경이라 인정 치자 사방 벽이 고요한데,
눈 감아도 잠 안 오고 정신은 더 말똥하네.
앉고 눕길 반복하며 신음하는 수척한 몸,
무슨 수로 길고도 긴 이 추운 밤 보내리오.

이경이라 잠들려고 해도 잠이 아니 오매,
잠자려고 두세 잔 술 어거지로 들이키네.
오만가지 생각 일어 도리어 더 심란하니,
가슴 속에 이는 심화 감당하지 못하겠네.

삼경이라 잠 못 들고 턱을 괴고 앉았자니,
등불 빛은 가물대고 북 소리는 희미하네.
일어나서 앉았을 새 하마 깊은 밤 지나매,
창문 열고 자주 은하 흐르는 걸 바라보네.

사경 되도 되레 무릎 침상에다 못 붙이고,
애통한 맘 괜히 일어 나의 간장 녹이누나.
하늘과 땅 끝이 나도 이내 시름 끝없으니,
병 아닌 병 몸속 깊이 들었음을 알겠구나.

오경 되니 첫닭 울어 파루 치길 재촉는데,
일어나서 이불 쓴 채 날 밝도록 앉아있네.
아침 와도 이내 시름 사라지지 아니 하여,
밤중보다 시름 생각 한층은 더 깊고 깊네.

初更人定四壁靜　瞌眼無眠長耿耿
초경인정사벽정　갑안무면장경경
坐臥吟呻閣瘦軀　何以度此寒夜永
좌와음신각수구　하이도차한야영

二更欲睡睡不來　引睡强傾三兩盃
이경욕수수부래　인수강경삼량배
萬念繁興轉紛撓　未堪氷炭嬰于懷
만념번흥전분요　미감빙탄영우회

三更不寐坐支頤　燈影微明更鼓稀
삼경불매좌지이　등영미명경고희
旋倚居然過夜半　拓窓頻看星河移
선의거연과야반　탁창빈간성하이

四更猶未膝添床　沈痛無端迫我腸
사경유미슬첨상　침통무단박아장
天地有窮愁不盡　固知非病亦膏肓
천지유궁수불진　고지비병역고황

五更鷄叫趁鍾聲　起擁衾裯坐達明
오경계규진종성　기옹금주좌달명
不是朝來愁便去　愁仍夜暗倍冥冥
불시조래수편거　수잉야암배명명

문장가이자 학자로 이름이 높았던 사숙재(私淑齋) 강희맹(姜希孟 : 1424~1483)이 지은 이 시는 열아홉 살 때 순흥안씨(順興安氏)와 결혼하여 40년을 함께 살다가 쉰아홉 살 때 아내가 죽은 것을 애도하여 지은 시다. 이 시의 원제는 「오경가(五更歌)」이며, 『사숙재집(私淑齋集)』에 실려 있다.

백년해로 약속은 다 글러졌구려

백년해로 둘이 약속 굳게 했는데,
하루아침 그 계획은 다 글러졌소.
맘 창황히 감옥 향해 나아갔거니,
돌아가지 못할 줄을 내 알았다오.
이별의 말 당신에게 안 고했거니,
말을 하면 한갓 맘만 상해서였소.

아득히 먼 함경도로 귀양을 오매,
네 아들도 나를 따라 오지 못했소.
한 아들이 다시 멀리 유배 갔거니,
혀만 찰 뿐 어찌 이런 일이 있는지.
외 그림자 변방 해의 가에 있었고,
집안의 일 아득 멀어 알 수 없었소.

세 아들이 두 번 편지 보내었지만,
편지 사연 한참 지난 일들이었소.
언제인가 홀로 오래 앉아 있을 새,
두 눈에서 홀연 눈물 흘러내렸소.
내 스스로 무슨 일이 있나보구나,
집서 응당 기별 있을 거라 여겼소.

답답한 맘 그 누구와 말을 하리오,
다섯 글자 시로 마음 드러내었소.
얼마 뒤에 집서 보낸 편지 왔는데,
지난달에 당신 이미 죽었다 했소.
통곡해도 눈에서는 눈물 안 났고,
맘은 죽고 뼈는 부러지는 듯했소.

계집종은 나의 곁서 통곡을 하며,
슬프고도 슬픈 소리 아니 멈췄소.
억지로 맘 달래보려 하였건마는,
통곡소리 듣자 다시 오열 터졌소.
밥 먹어도 목구멍에 안 넘어갔고,
술만 마셔 타는 속을 적시었다오.

사람 몸이 배고픔을 어찌 참으랴,
밥숟가락 오늘 다시 들고 먹었소.
모르겠소, 황천으로 떠나간 당신,
거기서도 밥은 먹을 수가 있는지?
요즘 들어 비가 오는 날이 많거니.
저 하늘도 울며 눈물 흘리는 거리.

어제 다시 집에서 온 편지를 보니,
이달 안에 당신 상여 나간다 했소.

당신 상여 배를 타고 강 거슬러가,
구름 뚫고 조령 고개 넘어갈 거리.
아득 멀어 산과 구름 막혀 있거니,
꿈속서도 당신 곁에 가는 길 멀리.

아비 아들 어미 각자 따로 있거니,
살고 죽은 이 이별을 어이 견디랴.
눈물 속에 괴로운 말 쓰고 있자니,
맘 애통해 나의 가슴 다 찢어지오.

百年偕老約 一朝前計非
백년해로약 일조전계비
蒼黃赴犴獄 固知不復歸
창황부안옥 고지불부귀
亦不告以別 告別徒傷悲
역불고이별 고별도상비
茫茫東北路 四子莫追隨
망망동북로 사자막추수
一子復遠謫 咄咄此何爲
일자부원적 돌돌차하위
隻影塞日邊 家故邈難知
척영새일변 가고막난지
三子兩度書 每病以前時
삼자양도서 매병이전시
一日獨坐久 忽然雙涕垂
일일독좌구 홀연쌍체수
自念胡爲哉 定應家有奇
자념호위재 정응가유기

함경도 경원(鏡原)에 유배되어 있던 허백정(虛白亭) 홍귀달(洪貴達 : 1438~1504)이 아내가 죽은 지 한참이 지나고 나서야 겨우 소식을 듣고서 지은 이 시의 원제는 「도망(悼亡)」이며, 『허백정집(虛白亭集)』에 실려 있다.
이 시를 지은 홍귀달은 대제학과 좌참찬을 지냈으며, 손녀를 궁중에 들이라는 연산군의 명령을 거역하여 함경도 경원에 유배되었다가 교살(絞殺)되었다. 그는 문장에 뛰어나고 글씨에 능하였으며, 성격이 강직하였다.

閟嘿誰與語 辛苦五字詩
비묵수여어 신고오자시

未幾有書至 前月已長辭
미기유서지 전월이장사

痛哭眼無淚 心死骨欲折
통곡안무루 심사골욕절

侍婢哭我傍 哀哀響不歇
시비곡아방 애애향불헐

我欲强自寬 聽此復嗚咽
아욕강자관 청차부오열

對食食不能 借酒沃腸熱
대식식불능 차주옥장열

人間豈忍飢 匙箸復此日
인간기인기 시저복차일

不知泉下魂 能進幾箇粒
부지천하혼 능진기개립

邇來天陰多 亦應眞宰泣
이래천음다 역응진재읍

昨日又得書 月內喪車發
작일우득서 월내상거발

泝流上江舡 穿雲過嶺轍
소류상강강 천운과령철

迢迢郭山雲 夢裏道里闊
초초곽산운 몽리도리활

父子母三處 可堪生死別
부자모삼처 가감생사별

和淚寫苦辭 嗚呼吾痛裂
화루사고사 오호오통렬

늙은 나는 귀양지서 숨 붙어 있네

죽었단 말 들은 것이 열흘 전이니,
발인한 지 이미 열흘 지났을 거리.
배에서 관 내려져서 땅길 갈 건데,
꼬불꼬불 산길 아주 험할 것이리.
생각건대 지금 조령 아래일 건데,
조령 고개 험난하여 넘기 힘들리.
슬프구나 네 아들이 있긴 하지만,
상여 줄을 나란히 못 잡고 가누나.
한 아들은 먼 유배지 찾아오느라,
아득히 먼 동북쪽을 향하여 왔고,
한 아들은 멀리 남쪽 귀양 갔거니,
먼 남쪽서 바라보며 눈물 흘리리.
오직 아들 둘만 상여 따라갈 건데,
한 아들은 병들어서 못 운반하리.
가련쿠나, 머리가 센 이 늙은 몸은,
이 먼 곳서 구차하게 살아있구나.

聞喪纔十日　發靷過十日
문상재십일　발인과십일

舍舟已登陸　山路多屈折
사주이등륙　산로다굴절

想今大嶺下　大嶺險難越
상금대령하　대령험난월

哀哉四箇雛　不得齊執紼
애재사개추　부득제집불

一箇尋遠謫　遙遙向東北
일개심원적　요요향동북

一箇竄遐方　南望淚沾臆
일개찬하방　남망루첨억

惟有兩箇隨　病不運雙脚
유유량개수　병불운쌍각

可憐白髮翁　偸生寄絶域
가련백발옹　투생기절역

홍귀달이 함경도의 귀양지에서 아내의 상여가 조령(鳥嶺) 고개를 넘어 함창(咸昌)으로 가는 것을 상상하면서 쓴 이 시의 원제는 「상회(傷懷)」이며, 『허백정집』에 실려 있다.

중천 가는 당신에게 내 부탁하오

당신 상여 한양 떠난 줄을 진작 알았거니,
지금 아마 고향 선산 이미 도착했을 거리.
중천 가면 부모님이 내 소식을 물을 건데,
남편 멀리 함경도로 귀양 갔단 말은 마소.

早識靈輿發漢陽　料應今已到家鄉
조식영여발한양　요응금이도가향

重泉定被爺孃問　莫道郎君天一方
중천정피야양문　막도낭군천일방

홍귀달이 아내의 상여가 함창에 도착하여 장사지낼 것임을 짐작하고 쓴 이 시의 원제는 「상상구이도함창(想喪柩已到咸昌)」이며, 『허백정집』에 실려 있다.

당신 무덤 만들고서 돌아온 뒤에

당신 잠들 무덤을 다 만들고 나서,
집에 와서 눈물 흔적 훔쳐낸다오.
백년해로 그 약속은 이미 어긋나,
초혼조차 영영 할 수 없게 됐구려.
산 기운은 따뜻하여 꽃들은 피고,
숲 깊어서 산새들은 절로 우누나.
봄 풍광이 비록 눈에 가득하지만,
수심으로 되레 할 말 다 잊었다오.

馬鬣初封罷　歸來拭淚痕
마렵초봉파　귀래식루흔
已違偕老計　永作未招魂
이위해로계　영작미초혼
山暖花爭發　林深鳥自喧
산난화쟁발　임심조자훤
春光雖滿眼　愁悴却忘言
춘광수만안　수췌각망언

예조판서를 지냈고, 『용재총화(慵齋叢話)』 『악학궤범(樂學軌範)』 등을 편찬한 용재(慵齋) 성현(成俔 : 1439~1504)이 아내 이씨(李氏)의 무덤을 만들고 난 뒤에 집에 돌아와서 쓴 이 시의 원제는 「도망」이며, 『허백당집(虛白堂集)』에 들어 있다.

빈방에서 잠 못 들고 홀로 앉았네

초경이라 동쪽에서 떠오르는 달을 보며,
빈 방에서 잠 못 들고 나 홀로 앉았어라.
백년해로 하잔 언약 이젠 이미 어긋나고,
베개 옆에 등불만이 밤을 함께 하는구나.

이경이라 창밖에는 달이 점점 높이 뜨고,
뜰 앞 자란 소나무엔 파도 같은 바람소리.
유명 간에 이젠 길이 헤어진 게 아쉬워서,
가슴속엔 오만 가지 시름 가득 일어나네.

삼경이라 구름 걷힌 중천에는 달 밝은데,
고요한 밤 흐느끼듯 떨어지는 샘물 소리.
나는 되레 한가하여 편안하게 앉았는데,
외로운 혼 누구 곁을 떠돌면서 눈물짓나?

사경이라 외로운 달 서편으로 기우는데,
숲 그림자 삐쭉삐쭉 문은 반쯤 닫혀있네.
옷은 솜이 너덜대고 이가 득실거리거니,
남은 인생 고된 삶을 내 누구와 논하리오?

오경이라 달은 지고 시끄럽게 닭이 울매,
아침밥을 재촉하여 술 한 사발 곁들이네.
빈소에서 두 아이가 가슴 치며 곡하는데,
떠난 당신 이 소리를 기억하고 있으려나?

初更初見月東生 獨坐虛堂睡不成
초경초견월동생 독좌허당수불성
契闊百年今已矣 枕邊惟伴一燈明
계활백년금이의 침변유반일등명

二更窓外月輪高 風入庭松吼夜濤
이경창외월륜고 풍입정송후야도
可惜幽明今永隔 胸忠愁緖亂牛毛
가석유명금영격 흉충수서란우모

三更雲散月中天 靜夜悲聞石上泉
삼경운산월중천 정야비문석상천
我尙偸閒猶穩坐 孤魂流落泣誰邊
아상투한유온좌 고혼유락읍수변

四更孤月側金盆 林影參差半掩門
사경고월측금분 임영참차반엄문
衣絮離披飢蝨亂 殘年契闊與誰論
의서이피기슬란 잔년계활여수론

五更月落亂鷄呼 催進朝飧酒一盂
오경월락난계호 최진조손주일우
帳底兩兒爭擗踊 不知能記此聲無
장저양아쟁벽용 부지능기차성무

성현이 아내를 잃고 난 뒤에, 강희맹이 아내의 죽음을 애도하여 쓴 「오경가(五更歌)」를 모방하여 쓴 이 시의 원제는 「의강진산작、오경가(擬姜晉山作五更歌)」이며, 『허백당집』에 실려 있다.

해당화 꽃 바라보니 마음 슬프네

사뿐 걸음 고운 머리 당신 이미 죽었으매,
꽃 시들고 옥 부서져 구름 연기 피어나네.
맘 상하네, 날 저물어 해당화의 저 꽃에게,
동풍 속에 물끄러미 보며 뜻을 못 전함이.

雲步花鈿已化仙　紅彫翠碎惹雲煙
운보화전이화선　홍조취쇄야운연
傷心日暮海棠樹　脈脈東風意不傳
상심일모해당수　맥맥동풍의부전

점필재(佔畢齋) 김종직(金宗直)의 문인이며, 문장으로 이름이 높았던 뇌계(㵢溪) 유호인(兪好仁 : 1445~1494)이 쉰 살이 되었을 때 아내 이씨(李氏)를 잃고서 쓴 이 시의 원제는 「도망」이며, 『뇌계집(㵢溪集)』에 실려 있다.

내세에도 부부 되잔 말 잊지 마소

늙은 고목 거친 잡목 속에 구천 잠겼거니,
고운 당신 세상 떠나 무덤 속에 잠들었네.
산머리의 밝은 달은 당신 얼굴인 것 같고,
바위틈서 우는 샘물 당신의 말 소리 같네.
화공 불러 그려 봐도 진면목은 못 그리고,
향 피워도 옛날 정혼 오게 하기 어렵다오.
당신 부디 내세에서 다시 부부 되자고 한,
우리 둘의 그 약속을 지하에서 잊지 마소.

老樹荒榛鎖九原　玉人零落此爲墳
노수황진쇄구원　옥인영락차위분
山頭明月顔猶見　石上鳴泉語更聞
산두명월안유견　석상명천어갱문
喚畵不成眞面目　爇香難反舊精魂
환화불성진면목　열향난반구정혼
丁寧來世還夫婦　地下無忘約誓言
정녕내세환부부　지하무망약서언

중종 때 대사성을 지냈던 안분당(安分堂) 이희보(李希輔 : 1473~1548)가 아내 전주이씨(全州李氏)를 잃고서 지은 이 시의 원제는 「곡망처도망시(哭亡妻悼亡詩)」이며, 이희보의 시집인 『안분당시집(安分堂詩集)』에는 실려 있지 않고, 숙종 때 학자인 홍만종(洪萬宗)의 『시평보유(詩評補遺)』에 실려 있다.

당신 모습 생각자니 간담 끊기오

빙설 같은 자태 지닌 곱디고운 당신이여,
지난날에 우리 젊어 부부 인연 맺었었지.
가난 속에 오랜 세월 금슬처럼 지내면서,
성품 행실 정숙하고 고결한 걸 알았다네.
파뿌리가 될 때까지 함께 살자 하였는데,
하루아침 몸 죽어서 집안이 다 엉망됐네.
이 세상서 다시 당신 얼굴 볼 수 없거니와,
지난해의 이별 바로 영영 이별 되었구려.
장부 본디 아녀자와 같이 슬퍼 않지마는,
당신 생각 하노라니 간담이 다 끊긴다오.

有妻有妻氷雪姿　昔時少年同結髮
유처유처빙설자　석시소년동결발

窮居半世瑟琴和　乃知性行多淑潔
궁거반세슬금화　내지성행다숙결

白首相期事孤親　一朝身敗家計裂
백수상기사고친　일조신패가계렬

人間無復再會面　去年一見眞永訣
인간무부재회면　거년일견진영결

丈夫非爲兒女懷　却言念之肝膽絶
장부비위아녀회　각언념지간담절

이 시를 지은 덕양(德陽) 기준(奇遵 : 1492~1521)은 중종 때 일어난 기묘사화에 연루되어 유배되었다가 죽은 기묘명현(己卯名賢)의 한 사람이다.
그가 함경도 온성(穩城)의 유배지에서 죽은 아내를 그리워하면서 지은 이 시의 원제는 「옥중사가(獄中四歌)」이며, 『덕양유고(德陽遺稿)』에 실려 있다.

늙은 눈물 빈 당에다 흩뿌린다오

어쩌다가 당신 곁을 떠나던 때엔,
영영 이별 이리 빠를 줄은 몰랐오.
반생토록 항상 병을 안고 살다가,
여름 들어 증세 위독하게 되었네.
유명 간에 얼굴 격해 막혔거니와,
종신토록 애통한 한 길고 길리라.
어렴풋이 웃음과 말 떠올리다간,
늙은 눈물 빈 당에다 흩뿌린다오.

偶爾相違遠　那知永訣忙
우이상위원　나지영결망

半生恒抱病　一夏劇增傷
반생항포병　일하극증상

隔面幽明閉　終身痛恨長
격면유명폐　종신통한장

依依追笑語　老淚瀉空堂
의의추소어　노루사공당

대사간을 지냈으며, 시문에 뛰어났으나 중년 이후에는 작품 활동을 중지하고 성리학에 침잠하였던 소고(嘯皐) 박승임(朴承任). 그가 나이 쉰아홉 살 때 아내 예천권씨(醴泉權氏)의 죽음을 슬퍼하여 지은 이 시의 원제는 「만망실정부인권씨(挽亡室貞夫人權氏)」이며, 『소고집(嘯皐集)』에 실려 있다.

약속의 말 눈물 속에 부쳐 보내오

옛날 살던 집엔 먼지 잔뜩 쌓였고,
새 무덤은 얼어 있고 길은 멀다오.
백년해로 하잔 약속 남아 있기에,
천 줄기의 눈물 속에 부쳐 보내오.

舊閤芳塵滿　新阡凍路長
구합방진만　신천동로장
百年成說在　付與淚千行
백년성설재　부여누천행

조선시대 삼당시인(三唐詩人) 가운데 한 사람인 옥봉(玉峯) 백광훈(白光勳 : 1537~1582)이 다른 사람을 대신하여 쓴 이 시의 원제는 「만대인작(挽代人作)」이며, 『옥봉시집(玉峯詩集)』에 실려 있다.

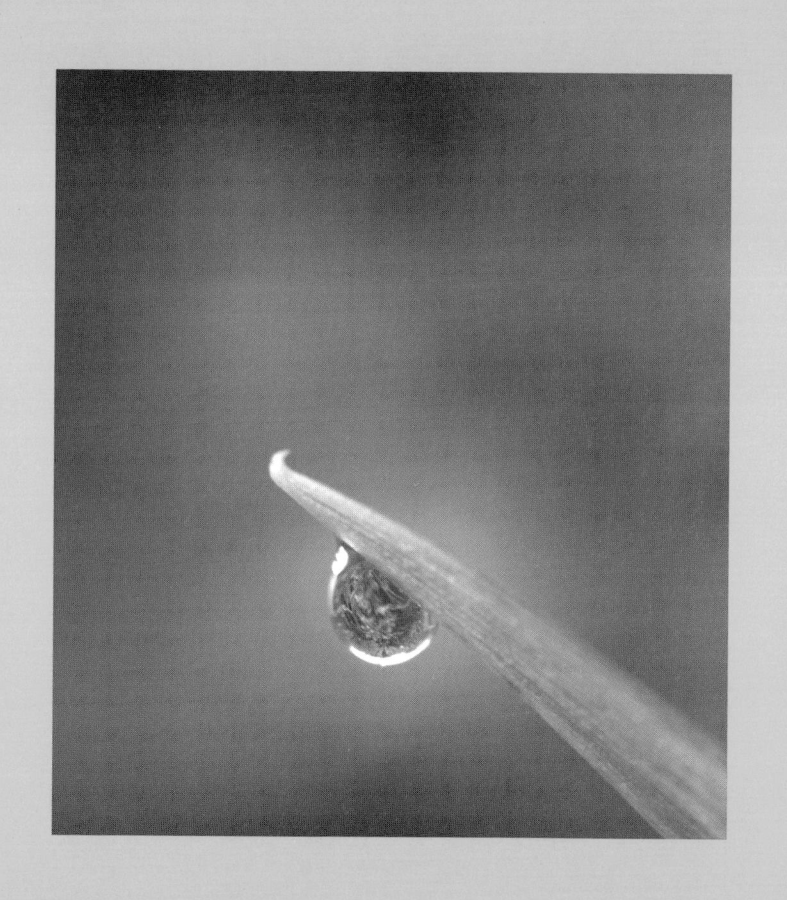

곡하려고 해도 소리 아니 난다오

만사 모두 아침 되어 거울을 보면,
공연스레 흰 머리만 남아 비치오.
언젠가는 만나볼 날 있을 거지만,
곡하려고 해도 소리 아니 난다오.

萬事臨朝鏡　空餘雪鬢明
만사임조경　공여설빈명
可能來有日　欲哭已無聲
가능내유일　욕곡이무성

백광훈이 다른 사람을 대신하여 쓴 이 시의 원제는 「만대인작」이며, 『옥봉시집』에 실려 있다.

어느 누가 주렴 걷고 달 감상하랴

깁방장엔 향내 없고 거울에는 먼지 꼈고,
닫힌 문에 복사꽃만 쓸쓸히 핀 봄날이네.
누각 위에 예전처럼 달빛 밝게 비치건만,
이제부터 어느 누가 주렴 걷고 감상할꼬.

粧匳蟲網鏡生塵　門掩桃花寂寞春
장렴충망경생진　문엄도화적막춘

依舊小樓明月在　不知誰是捲簾人
의구소루명월재　부지수시권렴인

허균의 스승이자 조선시대 삼당시인 가운데 한 사람인 손곡(蓀谷) 이달(李達 : 1539~1612). 그가 아내의 죽음을 애통해 하는 마음을 직접적으로 드러내지 않고서도 절절한 애통함을 그린 이 시의 원제는 「도망(悼亡)」이며, 『손곡시집(蓀谷詩集)』에 실려 있다. 이달의 아내에 대해서는 남아 있는 기록이 없다.

살아있는 나는 숨만 붙어있다오

우리 둘이 부부 인연 서로 맺어서,
지금까지 몇 년 세월 함께 하였나.
이곳저곳 벼슬살이 떠도는 나를,
원망하며 지낸 날이 정말 많았지.

정을 나눈 날은 얼마 되지 않는데,
당신은 또 낫기 힘든 병에 걸렸지.
병을 앓던 십여 년의 세월 동안에,
아득 멀어 은혜와 정 끊어졌었지.

당신 성품 본디 아주 순박하여서,
평생토록 어긋난 일 하지 않았지.
저 하늘에 그 어떠한 죄 지었다고,
당신에게 이런 화를 내렸단 말가?

전란 속에 여기저기 피해 다니다,
몸 죽어서 산골짝에 안 버려지고,
오늘 고향 선산으로 돌아왔거니,
또한 어찌 상심하며 슬퍼만 하랴.

당신과 나 둘 다 유감없게 됐으며,
아이들도 모두 당신 곁에 와 있소.
병든 나는 아직 죽지 아니하여서,
이 세상서 숨만 겨우 붙어 있다오.

관을 어루만지면서 당신 보내며,
세상 떠난 당신 되레 부러워하오.
이 세상을 뜨고픈 맘 간절하거니,
세상 오래 사는 것이 되레 슬프오.
황천에서 뒷날 우리 서로 만나면,
업과 인연 지난날과 같을 것이오.

結髮爲夫妻　于今歲幾閱
결발위부처　우금세기열

宦遊出四方　怨曠何多日
환유출사방　원광하다일

同室曾無幾　又遘難醫疾
동실증무기　우구난의질

沈迷十年餘　昧昧恩情絶
침미십년여　매매은정절

賦性本淳樸　平生不爲惡
부성본순박　평생불위악

何辜于彼蒼　斯人有斯厄
하고우피창　사인유사액

兵塵奔竄裏　幸不委溝壑
병진분찬리　행불위구학

此日返故山　又何傷慼慼
차일반고산　우하상척척

幽明兩無憾　子女俱在側
유명양무감　자녀구재측

而我病不死　支離存視息
이아병불사　지리존시식

撫柩送君歸　羨君事乃畢
무구송군귀　선군사내필

苦願從此逝　久世非所樂
고원종차서　구세비소락

泉下倘相隨　業緣當如昨
천하당상수　업연당여작

임진왜란 때 공을 세웠고, 광해군과 인조 때 영의정을 지냈던 오리(梧里) 이원익(李元翼 : 1547~1634)이 나이 쉰일곱 살 때 아내 연일정씨(延日鄭氏)를 잃고서 지은 이 시의 원제는 「도망」이며, 『오리집(梧里集)』에 실려 있다.

꽃다운 혼 흩날려서 어디로 갔소

천리 멀리 시집와서 슬픈 일만 겪었는데,
꽃다운 혼 흩날려서 그 어디로 떠나갔소?
솔 시내에 달 비치면 뉘와 함께 감상하며,
매화 언덕 봄이 와도 봄 온 줄도 모른다오.
말은 길을 알고 있어 옛 마을로 돌아오고,
삽살개는 당신 그려 빈 휘장을 지킨다오.
옷장 열고 당신 쓰던 물건드를 살펴보니,
눈물 어린 화장품엔 당신 손때 묻었구려.

千里離親抵死悲 芳魂飄蕩渺何之
천리이친저사비 방혼표탕묘하지

松川月照誰同賞 梅塢春歸不自知
송천월조수동상 매오춘귀부자지

駿馬識途回舊巷 老尨思主守空帷
준마식도회구항 노방사주수공유

開箱點檢平生物 淚濺殘紅涴口脂
개상점검평생물 누천잔홍완구지

아내 없는 집은 온통 쓸쓸만 하리

대궐 안에 동풍 불어 봄 햇살이 따뜻하매,
섬돌가의 원추리 꽃 피려는 걸 앉아 보네.
고개를 푹 수그려서 솟는 눈물 꾹 참으며,
귀 기울여 듣자 아내 말이 들리는 듯하네.
하늘과 땅 정 있어서 작년 오늘 되었는데,
산과 시내 많고 많아 아내의 혼 가로막네.
종 아이야 돌아가는 말을 빨리 몰지 마라.
텅 빈 방은 쓸쓸하고 휘장 속은 어둑하니.

丹禁東風麗日溫　坐看芳意着階萱
단금동풍려일온　좌간방의착계훤

低頭屢制淫淫淚　傾耳如聆欸欸言
저두누제음음루　경이여령관관언

天地有情回舊歲　山川無限阻新魂
천지유정회구세　산천무한조신혼

家僮遮莫催歸馭　虛室寥寥斗帳昏
가동차막최귀어　허실요요두장혼

유몽인이 지은 이 시의 원제는 「신년금직도방서회(新年禁直悼亡書懷)」이며, 『이우집』에 실려 있다.

꿈을 꾸자 외로운 혼 꿈속에 드네

풀 없애고 아내 잠들 무덤 만들고,
배를 타고 오며 아내 모습 그렸네.
계수나무 말라 죽어 열매 못 맺고,
꽃 떨어져 끝내 아무 말이 없구나.
삼생 살잔 그 약속은 다 어긋나고,
작은 무덤 쓸쓸하게 하나 남았네.
가을밤이 길고 긴 게 맘 걸리는데,
꿈을 꾸자 외로운 혼 꿈속에 드네.

斬草開玄宅　浮舟憶細君
참초개현택　부주억세군
桂枯哀不實　花落竟無言
계고애불실　화락경무언
契闊三生計　荒涼四尺墳
계활삼생계　황량사척분
關心秋夜永　入夢有孤魂
관심추야영　입몽유고혼

조선 중기에 공조참판을 지낸 문장가이자 명필이었던 현곡(玄谷) 조위한(趙緯韓 : 1567~1649). 열아홉 살 때 남양홍씨(南陽洪氏)와 결혼을 하여 겨우 열두 해를 함께 살다가 나이 서른하나 때 아내를 잃고서 쓴 이 시의 원제는 「도망」이며, 『현곡집(玄谷集)』에 실려 있다.

다정한 저 제비들은 다시 왔건만

봄 동산에 꽃이 피고 고운 풀들 돋았거니,
당신 죽은 뒤에 벌써 두 번째의 봄 왔구려.
다정한 저 봄 제비는 짝을 지어 다시 와서,
빈 처마에 날아들어 우리 왔다 우는구려.

花發東園芳草新　存亡忽已二年春
화발동원방초신　존망홀이이년춘
多情社日重歸燕　飛入空樑喚主人
다정사일중귀연　비입공량환주인

하늘이여 어찌 차마 이런단 말가

너무나도 참혹했던 강화도 화에,
너무나도 애통했던 임오년의 상.
하늘이여 어찌 차마 이런단 말가.
살아가며 나만 홀로 화 당했구려.
방 안에는 곡소리만 들릴 뿐이고,
혼이 와도 당신 향내 아니 난다오.
빈 뜨락에 추적대는 가을밤의 비,
내 눈물과 섞여 줄줄 흘러내리오.

慘酷江都禍　哀傷壬午喪
참혹강도화　애상임오상
天乎胡忍此　生也獨罹殃
천호호인차　생야독리앙
入室唯聞哭　還魂未有香
입실유문곡　환혼미유향
空階秋夜雨　和淚洒淋浪
공계추야우　화루쇄림랑

김유가 두 번째 아내인 함양박씨(咸陽朴氏)를 잃고서 쓴 듯한 이 시의 원제는 「도망」이며, 『북저집』에 실려 있다. 시 가운데 나오는 '강화도 화'는 첫 번째 아내가 강화도에서 사절한 것을 말하며, '임오년의 상'은 두 번째 아내가 죽은 것을 말한다.

당신의 말 나의 귓전 맴돌고 있네

대개 보면 부인네들 타고난 성품,
가난하면 슬퍼하기 쉬운 것인데,
불쌍하고 불쌍해라 나의 아내는,
곤궁해도 얼굴빛이 늘 온화했지.

대개 보면 부인네의 성품이란 건,
영광 크게 누리는 걸 좋아하는데,
불쌍하고 불쌍해라 나의 아내는,
높은 벼슬 부러워한 적이 없었네.

세상과 못 어울리는 내 성품 알아,
내게 벼슬 물러나라 자주 권했지.
그 말 아직 나의 귓전 맴돌거니와,
비록 죽어 떠났어도 잊을 수 없네.

당신이 한 경계의 말 가슴에 담아,
잊지 않고 내 스스로 지켜 가리다.
저승 아주 멀리 있다 말하지 마소.
나를 환히 내려다가 보고 있으리.

大抵婦人性　貧居易悲傷
대저부인성　빈거역비상

嗟嗟我內子　在困恒色康
차차아내자　재곤항색강

大抵婦人性　所慕惟榮光
대저부인성　소모유영광

嗟嗟我內子　不羨官位昌
차차아내자　불선관위창

知我不諧俗　勸我長退藏
지아불해속　권아장퇴장

斯言猶在耳　雖死不能忘
사언유재이　수사불능망

惻惻念炯戒　慷慨庶自將
측측념형계　강개서자장

莫言隔冥漠　視我甚昭彰
막언격명막　시아심소창

조선 중기의 문신으로 시와 사륙문(四六文)에 뛰어났으며, 특히 고문(古文)에 힘썼던 소암(疎庵) 임숙영(任叔英 : 1576~1623)이 아내 여흥이씨(驪興李氏)를 잃고서 쓴 이 시의 원제는 「곡내(哭內)」이며, 『소암집(疎庵集)』에 실려 있다.

사는 동안 당신 온갖 풍상 겪었소

삼생 인연 중하여서 둘 다 머리 세었는데,
한번 병에 당신 죽어 나만 홀로 슬퍼하오.
생각자니 가난 속에 보낸 세월 길고 길어,
집 뜰에서 서성이며 온갖 풍상 맛보았소.
산나물과 들나물을 누가 뜯어 끓일 거며,
여름옷과 겨울옷을 누가 지어 입혀주랴.
선영 향해 보내면서 뒷날 만날 기약하니,
땅속에서 서로 보면 아마 서로 놀랄 거리.

三生緣重俱頭白 一病難醫獨悼亡
삼생연중구두백 일병난의독도망
想像糟糠閑歲月 彷徨庭宇飽風霜
상상조강한세월 방황정우포풍상
野蔬山菜誰烹飪 暑服寒衣孰主張
야소산채수팽임 서복한의숙주장
送葬先塋期後日 地中相見恐荒唐
송장선영기후일 지중상견공황당

정묘호란 때 체찰사 이원익의 휘하에 있었으며 회인현감(懷仁縣監)을 지냈던 죽유(竹牖) 구영(具鎣 : 1584~1663)이 나이 일흔일곱 때 아내 삼가이씨(三嘉李氏)의 죽음을 슬퍼하여 지은 이 시의 원제는 「도망」이며, 『죽유시집(竹牖詩集)』에 실려 있다.

새벽 산엔 달빛 흔적 남아있구나

외론 등불 깜빡 졸며 떠도는 넋 짝하는데,
저 멀리서 외딴 마을 첫닭 소리 들리누나.
짐짓 동쪽 창문 열고 밤 풍경을 바라보니,
새벽 산엔 꿈속인 양 달빛 흔적 남아있네.

孤燈耿耿伴羈魂　遠遠鷄聲起別村
고등경경반기혼　원원계성기별촌
試拓東窓看夜色　曉山如夢月留痕
시척동창간야색　효산여몽월류흔

조선조 한문사대가(漢文四大家) 중 한 사람인 상촌(象村) 신흠(申欽)의 아들이며 선조의 부마(駙馬)인 낙전당(樂全堂) 신익성(申翊聖 : 1588~1644)이 아내 정숙옹주(貞淑翁主)가 마흔의 나이로 세상을 떠난 것을 슬퍼하여 지은 시라고 알려져 있는 이 시의 원제는 「만좌구호(晩坐口呼)」이며, 『낙전당집(樂全堂集)』에 실려 있다.

갈수록 더 애통한 맘 불어난다오

내가 슬픔 가슴속에 품고 난 뒤로,
어느 사이 한 달 훌쩍 지나갔구나.
초상 때의 맘을 오래 녹여봤으나,
갈수록 더 애통한 맘 불어만 나오.

이 세상서 내가 뜰 날 가까웠거니,
당신과 정 끊어져서 그런 거라오.
병들어서 텅 빈 방에 누워 있자니,
좌우에는 자식조차 하나 없구려.

지난날의 일들 곰곰 생각해 보며,
내 그림자 돌아보니 나 혼자구려.
당신 신주 대청마루 위에 있으매,
당신 혼백 나의 곁에 있는 듯하오.

계집종은 당신에게 제수 올리며,
아침 저녁 흐느끼며 눈물 흘리오.
내 마음을 내 스스로 다져보지만,
나도 몰래 가끔 눈물 줄줄 흐르오.

당신 모습 어찌 다시 볼 수 있으며,
이내 생을 누구에게 의탁하리오.
위태로운 때 만나서 떠돌거니와,
아득 멀리 떠난 당신 되레 부럽소.

自我抱愁慽　奄忽經時月
자아포수척　엄홀경시월

初意久消釋　愈往增忉怛
초의구소석　유왕증도달

固知生期促　無乃情好絶
고지생기촉　무내정호절

淹病臥空室　左右無子姪
엄병와공실　좌우무자질

撫躬念平生　顧影悲單孑
무궁념평생　고영비단혈

木主在中堂　精魄存彷彿
목주재중당　정백존방불

小婢設盤飧　朝昏強啼聒
소비설반손　조혼강제괄

中情雖自俛　迸淚時橫臆
중정수자면　병루시횡억

行止復何有　生死將焉託
행지부하유　생사장언탁

棲遑值時危　祗應羨冥漠
서황치시위　지응선명막

정철(鄭澈)의 아들이며, 제자백가와 고문에도 밝았던 학자이자 대제학을 지낸 기암(畸庵) 정홍명(鄭弘溟 : 1592~1650)이 첫 번째 부인인 기계유씨(杞溪兪氏)를 잃고서 쓴 이 시의 원제는 「도망」이며, 『기암집(畸庵集)』에 실려 있다.

어느 누가 장부의 한 불쌍해 하리

목숨 끊겨 가는 데도 도리 없거니,
상심되는 맘 스스로 이길 수 없네.
맘 휑하긴 정을 떼는 것만 같아서,
모든 게 다 괜히 눈물 짓게 하누나.
어린 아들 무슨 수로 키울 것인가,
이내 몸이 폭삭 늙은 거를 알겠네.
어느 누가 장부의 한 불쌍해 하리,
분명코 내 지음 친구 잃은 것이네.

命迫嗟無賴　情傷自不任
명박차무뢰　정상자불임

曠懷猶割愛　觸境謾沾襟
광회유할애　촉경만첨금

弱子何由長　頹齡轉覺侵
약자하유장　퇴령전각침

誰憐丈夫恨　端爲失知音
수련장부한　단위실지음

정홍명이 세 번째 부인인 광산김씨(光山金氏)를 잃고서 쓴 이 시의 원제는 「도망」이며, 『기암집』에 실려 있다.

뒤에 죽는 나는 슬픔 못 금하누나

뜬 인생이 이미 세상 떠나갔으매,
뒤에 죽는 나는 슬픔 금치 못하네.
황천에는 긴 밤만이 계속될 건데,
구름 산은 절로 사철 모습 변하네.
그 목소리 그 모습은 상상 되지만,
귀신 이치 그건 끝내 알기 어렵네.
풀밭 위에 턱을 괴고 앉아있을 새,
지는 석양 허옇게 센 머리 비치네.

浮生已隔世 後死不勝悲
부생이격세 후사불승비

泉壤終長夜 雲山自四時
천양종장야 운산자사시

音容猶默想 神理竟難知
음용유묵상 신리경난지

藉草支頤坐 斜陽照鬢絲
자초지이좌 사양조빈사

정홍명이 지은 이 시의 원제는 「단오제망처묘(端午祭亡妻墓)」이며, 『기암집』에 실려 있다.

가을밤의 이내 심정 어떠하리오

나도 몰래 탄식할 새 눈물 줄줄 흐르는데,
뜨락 안은 적막만 해 삼경 밤이 가까웠네.
지는 잎새 애처로워 바람 살살 불어 가고,
수심 깊은 사람 위해 달은 오래 비추누나.
저 송옥은 가을 되어 무한한 한 품었으며,
저 복상은 한 아들을 잃고서도 눈 멀었네.
이런 마음 이런 밤엔 그 심정이 어떠하랴.
곧장 하늘 뚫고 올라 원망 소리 하고프네.

不覺噓嘻淚自橫 寂寥庭宇近三更
불각허희루자횡 적요정우근삼경

風憐落木輕吹度 月借愁人久轉明
풍련락목경취도 월차수인구전명

宋玉且懷無限恨 卜商猶蔽一慈情
송옥차회무한한 복상유폐일자정

此心此夜當何似 直欲衝霄抗怨聲
차심차야당하사 직욕충소항원성

인조(仁祖)에 대한 충절을 지켜 '동방의 백이숙제'라고 칭해졌던 서귀(西歸) 이기발(李起浡 : 1602~1662)이 아내 밀양박씨(密陽朴氏)의 죽음을 애도하여 쓴 이 시의 원제는 「추야도망(秋夜悼亡)」이며, 『서귀유고(西歸遺稿)』에 실려 있다.
시 가운데 나오는 송옥(宋玉)은 가을을 슬퍼하는 작품을 많이 남긴 중국 초나라의 시인이며, 복상(卜商)은 공자의 제자인 자하(子夏)로, 아들의 죽음을 슬퍼하여 지나치게 눈물을 흘려 눈이 멀었다고 한다.

시집올 때 가져온 옷 보니 슬프네

시집올 때 가지고 온 옷 절반은 새 것이매,
옷상자를 열어보니 더욱 마음 아프구려.
살아생전 좋아하던 물건들 다 보내어서,
공산에다 내맡겨서 먼지 되게 하였다오.

嫁日衣裳半是新　開箱點檢益傷神
가일의상반시신　개상점검익상신
平生玩好俱資送　一任空山化作塵
평생완호구자송　일임공산화작진

조선 후기의 문신으로 문장과 시에 능하였던 명고(明皐) 이세(李[illegible] : 1603~1642)가 지은 이 시의 원제는 「부인만(婦人挽)」이다.

당신 이제 아주 영영 떠나갔구려

당시의 일 생각하면 오열이 나서,
서로 봐도 분명하게 말 못하겠네.
당신 만약 죽지 않고 살아남았고,
내가 죽어 환생하면 어찌 다르리.
당신의 말 어디선가 들릴 듯하고,
꿈속서도 당신 보여 혹 놀란다오.
당신 이제 아주 영영 떠나갔으매,
눈물 속에 아이들의 얼굴 대하오.

嗚咽當時事　相看語未明
오열당시사　상간어미명
但令君不死　何異我還生
단령군불사　하이아환생
默念言猶在　疑顏夢或驚
묵념언유재　의안몽혹경
百年長已矣　垂淚對諸嬰
백년장이의　수루대제영

성리학의 대가였던 노서(魯西) 윤선거(尹宣擧 : 1610~1669)가 병자호란 때 강화도가 함락되자 정절을 지키기 위해 자결한 아내 공주이씨(公州李氏)를 애도하여 쓴 이 시의 원제는 「도망」이며, 『노서유고(魯西遺稿)』에 실려 있다.

며느리의 슬픔 당신 모를 것이리

내세 만남 기약 없고 이 세상선 끝났거니,
살고 죽은 유명 간에 양쪽이 다 유유하네.
며느리가 눈물 속에 매년 제수 차리는 걸,
저 세상에 간 자네는 아시는가, 모르시나?

來世難期此世休　幽明存沒兩悠悠
내세난기차세휴　유명존몰양유유
年年少婦蘋蘩淚　爲問卿卿知也不
년년소부빈번루　위문경경지야부

조선 중기의 학자로서 경학(經學)과 예설(禮說)에 밝았던 고산(孤山) 이유장(李惟樟 : 1625~1701)이 아내 전주유씨(全州柳氏)의 죽음을 슬퍼하여 쓴 이 시의 원제는 「망처기일유감(亡妻忌日有感)」이며, 『고산집(孤山集)』에 실려 있다.

꿈을 깨면 당신 모습 아니 보이네

매 밤마다 꿈속으로 자주자주 드는 당신,
꿈속서야 진짜와 참 무슨 수로 구별하랴.
꿈을 깨면 내 곁에는 당신 모습 안 보이고,
쓰러져서 누워있는 병든 한 몸 뿐이라오.

夜夜音容入夢頻　夢中那識夢非眞
야야음용입몽빈　몽중나식몽비진
覺來撫枕曾無見　祇是頹然一病身
각래무침증무견　지시퇴연일병신

조선 후기의 문신으로 문장에 뛰어났으나, 어떤 종을 죽인 일로 인해 오랫동안 유배 생활을 하였던 오아재(聱齖齋) 강석규(姜碩圭 : 1628~1695). 그가 나이 예순 살 때 아내 성주이씨(星州李氏)를 잃고 지은 이 시의 원제는 「도망작(悼亡作)」이며, 『오아재집(聱齖齋集)』에 실려 있다.

백년해로 하잔 약속 저버렸구려

꿈속에서 당신 보고 깨어나서 슬퍼하며,
웃음과 말 젊은 시절 그 모습을 떠올리네.
가련케도 백년해로 평소에 한 그 약속을,
중천으로 싸 안고가 생각지도 않는구려.

夢裏容顔覺後悲　笑談猶記少時姿
몽리용안각후비　　소담유기소시자
可憐偕老平生約　捻入重泉不盡思
가련해로평생약　　총입중천부진사

강석규가 지은 이 시의 원제는 「몽견망실(夢見亡室)」이며, 『오아재집』에 실려 있다.

누가 당신 아이들을 등지게 했나

저 옛날에 장자란 분 아내 잃고서,
동이 노래 한 곡 불러 슬퍼했다오.
어느 누가 황천 가는 길을 재촉해,
당신 홀연 아이들을 등지게 했소?
끼니 마련 이 뒷날의 슬픔일 거고,
아내 도리 후세 길이 모범일 거리.
삭풍 부는 궁한 골짝 해는 지는데.
눈물 속에 애달픈 시 내 읊는다오.

聞道南華叟　盆歌一曲悲
문도남화수　분가일곡비

誰言催永夜　欻爾棄諸兒
수언최영야　훌이기제아

井臼他年慟　閨闈百代儀
정구타년통　규위백대의

朔風窮峽暮　淚盡悼亡詩
삭풍궁협모　누진도망시

이 시를 지은 육우당(六寓堂) 이하진(李夏鎭 : 1628~1682)은 성호(星湖) 이익(李瀷)의 아버지이며, 도승지를 지낸 사람이다. 아내 용인이씨(龍仁李氏)의 죽음을 슬퍼하여 지은 이 시의 원제는 「만(挽)」이며, 『육우당집(六寓堂集)』에 실려 있다.

인간 만사 지금부턴 시름뿐이오

한평생의 짝 가운데 한 사람이 황천 가니.
인간 만사 지금 와선 꿈속만도 못하구나.
통곡하며 돌아와서 띠풀 집에 몸 누이자,
시내 가득 불던 풍우 빈 창문을 때리누나.

百年佳耦一黃壚　萬事于今夢不如
백년가우일황로　만사우금몽불여
慟哭歸來臥茅屋　滿川風雨打牕虛
통곡귀래와모옥　만천풍우타창허

소론(少論)의 영수로서 대제학과 영의정을 지낸 약천(藥泉) 남구만(南九萬 : 1629~1711)이 나이 일흔여섯 살 때 아내 동래정씨(東萊鄭氏)의 죽음을 애도하며 지은 이 시의 원제는 「망실천장후유음(亡室遷葬後有吟)」이며, 『약천집(藥泉集)』에 실려 있다.

아내 쓰던 물건 보자 눈물이 나네

방 문에는 거미줄이 쳐져 있으며,
침상에는 쥐들이 논 자국 남았네.
정원은 다 황폐해져 샛길 끊겼고,
담장은 다 무너져서 뜰은 거치네.
지난날의 즐겁던 일 생각이 나서,
맘 그윽히 새벽까지 앉아 있다간.
공연스레 아내 쓰던 물건 만지매,
흠씬 흘린 눈물 자욱 얼룩지누나.

戶有蛛絲網　牀留鼠跡塵
호유주사망　상류서적진

園荒三逕斷　墻壞一庭貧
원황삼경단　장괴일정빈

樂事徒懷曩　幽懷坐到晨
낙사도회낭　유회좌도신

空携舊潘簟　霑灑淚痕新
공휴구반점　점쇄루흔신

황해도 관찰사를 지냈으며, 문명(文名)이 높았던 구봉(九峯) 조원기(趙遠期 : 1630~?)가 아내 전주이씨의 죽음을 애도하여 쓴 이 시의 원제는 「도망」이며, 『구봉집(九峯集)』에 실려 있다.

곱던 당신 떠올라서 맘 슬퍼지오

빈 뜰에는 사람 자취 끊어졌으며,
부서진 창 썰렁 바람 들어온다오.
턱을 괴고 우두커니 말없이 있자,
맘 애통해 눈물 절로 방울진다오.
당신 모습 눈에 보일 것만 같으며,
당신 음성 귀에 들릴 것도 같다오.
우리 둘의 정신 서로 통하는 듯해,
유명 이미 달라진 줄 깜빡 잊었소.
고개 돌려 사방의 벽 돌아다보니,
곱던 당신 떠올라서 맘 슬퍼지오.

庭空人影斷　破囱風泠泠
정공인영단　파창풍령령
支頤塔無語　有懷涕自零
지이탑무어　유회체자령
形容如可見　聲音如可聆
형용여가견　성음여가령
精神若相接　恍惚忘幽明
정신약상접　황홀망유명
轉眄顧四壁　嬋媛增傷情
전면고사벽　선원증상정

의령현감(宜寧縣監)으로 있는 동안 민폐를 혁신시켜 '이불자(李佛子)'라 불렸던 항재(恒齋) 이숭일(李嵩逸 : 1631~1698)이 한양조씨(漢陽趙氏)와 나이 스물에 결혼하였다가 마흔한 살 때 부인을 전염병으로 잃고 쓴 이 시의 원제는 「도망」이며, 『항재집(恒齋集)』에 실려 있다.

창 앞에다 벽오동을 심지 말 것을

곱던 모습 희미하여 보였다가 사라지매,
깨어보니 등 그림자 혼자서만 외롭구나.
가을비가 나의 꿈을 깨울 줄을 알았다면,
창 앞에다 벽오동을 아예 심지 않았으리.

玉貌依俙看忽無　覺來燈影十分孤
옥모의희간홀무　각래등영십분고
早知秋雨驚人夢　不向窓前種碧梧
조지추우경인몽　불향창전종벽오

예문관 제학을 지냈던 수촌(水村) 이서우(李瑞雨 : 1633~?)가 아내 청송심씨(靑松沈氏)가 마흔넷의 나이로 세상을 뜬 것을 슬퍼하여 지은 이 시의 원제는 「도망후기몽(悼亡後記夢)」이며, 임방(任埅)의 『수촌만록(水村漫錄)』에 실려 있다.

슬픈 바람 빈 휘장에 불어오누나

새 봄 되어 제비들은 옛 둥지로 돌아오고,
새로 핀 꽃 지난해의 가지에서 피었는데,
우리 인생 이들과는 서로 같지 아니하여,
그 어디로 떠나가서 돌아오지 아니 하나?
아련한 그 고운 모습 앞에 있는 듯하건만,
아득해진 그 그림자 끝내 좇아 갈 수 없네.
저 하늘은 막막하여 끝내 좇을 수 없는데,
오직 슬픈 바람만이 빈 휘장에 불어오네.

新春燕還舊時壘　今歲花生去年枝
신춘연환구시루　금세화생거년지

人生曾是物不如　去何之而來無期
인생증시물불여　거하지이래무기

森然面目宛如在　邈焉影響終莫追
삼연면목완여재　막언영향종막추

終莫追兮天茫茫　惟有悲風吹虛帷
종막추혜천망망　유유비풍취허유

명문가에서 태어나 소론의 중심인물이 되고 경상도관찰사를 지낸 우재(迂齋) 조지겸(趙持謙 : 1639~1685)이 청송심씨와 나이 열여섯에 결혼하였다가 스물아홉에 부인을 잃고서 쓴 이 시의 원제는 「도망」이며, 『우재집(迂齋集)』에 실려 있다.

죽기 전엔 나의 슬픔 아니 다하리

모든 일에 멍하여서 백치가 된 듯하고,
죽은 당신 생각하면 아직도 안 믿기오.
당신의 가난과 병 모든 것이 내 탓인데,
거품 지듯 갑작이 떠나갈 줄 몰랐다오.
꿈속 혼은 땅속에서 매번 당신 만나매,
흐른 눈물 공연히 베개 머리 적신다오.
조만간에 나도 당신 따라서 갈 것으로,
죽기 전엔 나의 슬픔 다하지 않을 거요.

萬事茫然似白癡　憶來存沒尙驚疑
만사망연사백치　억래존몰상경의
秖言貧病都由我　誰料泡漚遽至斯
지언빈병도유아　수료포구거지사
魂夢每從泉下會　涕洏空灑枕邊滋
혼몽매종천하회　체이공쇄침변자
亦知早晩同歸去　未死長爲不盡悲
역지조만동귀거　미사장위부진비

조지겸이 지은 이 시의 원제는 「도망」이며, 『우재집』에 실려 있다.

산새들도 나의 슬픔 아는 듯하오

산언덕은 예전 살던 방이 아니며,
초목들은 예전 쳤던 병풍 아니네.
몽매간에 어찌 이런 지경 당했나,
내 애간장 지난해에 다 녹았다오.
당신 정령 여기 와서 있을 것인데,
당신 모습 어찌 아니 보여주시나?
산새들도 마치 나를 불쌍해 하듯,
슬피 울며 무덤 앞에 날아든다오.

丘陵非戶室　草樹異屛筵
구릉비호실　초수이병연

夢寐寧斯境　肝腸盡去年
몽매녕사경　간장진거년

精靈應有識　影響奈無緣
정령응유식　영향내무연

山鳥如憐我　悲鳴向塚前
산조여련아　비명향총전

조지겸이 지은 이 시의 원제는 「한식제내분(寒食祭內墳)」이며, 『우재집』에 실려 있다.

덧없는 삶 달과 같고 꽃과 같구나

우리네의 덧없는 삶 달과 같고 꽃 같나니,
꽃은 쉽게 떨어지고 달은 쉽게 이우누나.
인간 세상 모든 일이 허망한 걸 알겠거니,
몇몇이나 고운 모습 머물러 둘 수 있으랴.

浮生如月復如花　花易飄零月易斜
부생여월부여화　화역표령월역사

始覺世間都夢幻　幾人能得駐韶華
시각세간도몽환　기인능득주소화

숙종 때 일어난 신임사화로 유배되었다가 죽은 수촌(水村) 임방(任埅: 1640~1724)은 당시(唐詩)를 특히 좋아하여 이와 관련된 많은 저술을 남겼는데, 그가 서른두 살 때 첫 아내인 황주변씨(黃州邊氏)를 잃고서 지은 이 시의 원제는 「도망」이며, 『수촌집(水村集)』에 실려 있다.

인간 세상 남은 나만 홀로 상심네

인적 드문 시골 마을 가까운 곳에,
외론 무덤 가을 풀에 덮여 황량네.
산 모습은 찌푸린 두 눈썹과 같고,
시내는 또 아홉 구비 창자와 같네.
땅 속 있는 당신이야 어찌 알리오.
인간 세상 남은 나만 홀로 상심네.
서풍 속에 서너 줄기 눈물 흘리며,
묵묵히 서 저녁 빛을 바라다 보네.

寂寞野村傍　孤墳秋草荒
적막야촌방　고분추초황

山如雙蹙黛　溪似九回腸
산여쌍축대　계사구회장

地下君奚識　人間我自傷
지하군해식　인간아자상

西風數行淚　無語對斜陽
서풍수행루　무어대사양

임방이 지은 이 시의 원제는 「성망실묘(省亡室墓)」이며, 『수촌집』에 실려 있다.

창문에는 외로운 등 가물거리네

침상에는 추위 스며 일 년처럼 밤이 긴데,
창문에는 외로운 등 눈물 흔적 가에 조네.
꿈속의 그 정녕한 말 무슨 수로 견디리오.
다른 생에 당신 만나 우리 인연 잇고프네.

潘簟寒侵夜抵年 一牕燈影淚痕邊
반점한침야저년 일창등영루흔변
那堪夢裏丁寧語 願卜他生續舊緣
나감몽리정녕어 원복타생속구연

병조 판서를 지냈고, 문장에 뛰어나 동인삼학사(東人三學士)라 불렸던 서파(西坡) 오도일(吳道一 : 1645~1703)이 나이 열일곱 살 때 풍양조씨(豐壤趙氏)와 혼인하였다가 스물아홉에 아내를 잃고서 지은 이 시의 원제는 「상실후효기감음(喪室後曉起感吟)」이며, 『서파집(西坡集)』에 실려 있다.

반려 잃은 슬픔 누가 제일 크려나

배필이라 인생 반려 잃은 슬픔은,
젊어 잃든 늙어 잃든 다름없지만,
젊어서는 만난 인연 그래도 짧고,
늙어서는 다시 만날 기약 쉬우니,
두 가지의 경우 놓고 견주어보면,
중년 슬픔 견디기가 가장 어렵네.
어쩔 거나 사경이라 우리 족질이,
불행히도 이런 고통 걸려 당했네.
겉으로는 태연한 척 애써 보지만,
슬픔 어찌 떨쳐버릴 수가 있으랴.
집안일에 마음 쓰게 되는 것이야,
옛 현인도 피하지를 못하였던 일.
더군다나 출가 앞둔 딸 남아있고,
간병하다 몸이 상한 아이 있으니,
눈앞의 그 모든 일이 서글프건만,
이 근심을 뉘와 함께 나누오리오.

죽은 이도 산 사람과 한마음이라,
혼백 응당 슬픔 아니 가셨겠지만,
상여 아니 머무르고 훌쩍 떠나매,
규방 안에 패옥 소리 잠잠하여라.
처마에서 새벽 낙수 떨어질 때와,
맑은 못에 꽃나무가 비칠 적에는,
반악 읊은 도망시에 마음 상하고,
위응물의 송종 시에 맘 처절하리.
이런 심경 말 없어도 알겠거니와,
만가 지어 쓰노라니 눈물이 나서.
아름다운 부인 법도 쓰지 못하고,
남이 대신 써 주기를 기다리누나.

人生伉儷戚　宜無早晚異
인생항려척　의무조만이
少猶諸累輕　老即前期易
소유제루경　노즉전기이
較量二者間　中歲最難度
교량이자간　중세최난도
嗟哉吾士敬　不幸罹此苦
차재오사경　불행리차고
盆歌縱自寬　腹悲詎能遣
분가종자관　복비거능견
關心門內事　昔賢所不免
관심문내사　석현소불면

況遺未笄女　重以邽股兒
황유미계녀　중이규고아

觸事皆可傷　有憂誰共之
촉사개가상　유우수공지

推生以知死　魂魄應餘恫
추생이지사　혼백응여통

祖載逝不留　環佩闃房櫳
조재서불류　환패격방롱

風簷晨霤滴　清池芳樹映
풍첨신류적　청지방수영

惻愴安仁句　悽切蘇州詠
측창안인구　처절소주영

此境可默想　挽歌涕爲出
차경가묵상　만가체위출

壼彝未暇收　且待彤史筆
곤이미가수　차대동사필

김상헌(金尙憲)의 증손자이며, 대제학과 예조판서를 지낸 농암(農巖) 김창협(金昌協 : 1651~1708)이 지은 이 시의 원제는 「사경내실만(士敬內室挽)」이며, 『농암집(農巖集)』에 실려 있다.

이 시는 다른 사람의 아내에 대한 만시(挽詩)지만, 중년에 아내를 잃은 슬픔을 잘 표현한 작품이다. 시에 나오는 반악(潘岳)과 위응물(韋應物)은 모두 중국의 시인으로, 아내의 죽음을 애통해 하는 시를 지은 인물이다.

산 밖에선 쉬지 않고 물이 흐르리

백년해로 그 약속은 다 어긋났고,
이제 작은 무덤 하나 생겨났구려.
풀 위에는 매 밤마다 이슬 맺히고,
산 밖에선 쉬지 않고 물이 흐르리.

虛擬百季契濶 今成一片蓬科
허의백년계활 금성일편봉과
艸間夜夜零露 山外沄沄逝波
초간야야령로 산외운운서파

조선 후기의 문신으로 형조판서를 지낸 동계(東溪) 박태순(朴泰淳 : 1653~1704)이 젊은 나이에 아내 청송심씨를 잃고서 육언시(六言詩)로 지은 이 시의 원제는 「도망」이며, 『동계집(東溪集)』에 실려 있다.

지던 달만 베게 머리 와서 비추오

꿈 끊기자 하던 말이 남은 듯한데,
이불 차서 날이 밝은 줄을 알았소.
지던 달이 마치 나를 불쌍해 하듯,
베개 머리 서쪽 가를 와서 비추오.

夢斷疑殘語 衾寒覺曉天
몽단의잔어 금한각효천
猶憐落月色 來照枕西邊
유련낙월색 내조침서변

박태순이 지은 이 시의 원제는 「도망후숙계당유작(悼亡後宿溪堂有作)」이며, 『동계집』에 실려 있다.

꿈속서도 당신 모습 흐릿하다오

넘어가는 새벽달이 창에 들어 빛 밝은데,
뒤척이며 차가운 밤 홀로 누운 정이라오.
꿈속서도 분명하게 당신 모습 못 보는데,
이생에서 뭔 겨를에 내세 만남 점치겠소.

依依殘月入窓明　耿耿寒宵獨臥情
의의잔월입창명　경경한소독와정
一夢分明猶不易　此生何況卜他生
일몽분명유불이　차생하황복타생

농암 김창협의 동생으로, 벼슬을 하지 않고 지냈으며, 시는 물론이고 그림에도 뛰어났던 노가재(老稼齋) 김창업(金昌業 : 1658~1721)이 나이 열넷에 전주이씨와 결혼하였다가 서른여섯에 부인을 잃고서 지은 이 시의 원제는 「추화현보소시도망운(追和顯甫所示悼亡韻)」이며, 『노가재집(老稼齋集)』에 실려 있다.

새벽녘에 숲속에서 바람이 이네

초가 서재 등잔불은 밤이 되어 빛 밝은데,
처연할사 오만 감정 나의 정에 모여드네.
홀로 자다 오경 되어 일어나서 앉았을 제,
산 가득한 나무에서 새벽 바람 생겨나네.

草齋燈火夜深明　萬感悽然集我情
초재등화야심명　만감처연집아정
孤枕五更還起坐　滿山枯樹曉風生
고침오경환기좌　만산고수효풍생

김창업이 지은 이 시의 원제는 「추화현보소시도방운」이며, 『노가재집』에 실려 있다.

아내 쓰던 물건 보니 마음 상하네

사람 죽고 침상 비자 넓다는 걸 알겠는데,
눈에 뵈는 뜨락 모습 날로 황량해져 가네.
그 가운데 다시 상심하게 하는 곳 있거니,
상자 속의 옛 물건이 눈에 뵈는 그곳이네.

人去床空覺簟長　眼看庭宇日荒涼
인거상공각점장　안간정우일황량
就中更有傷心處　舊物時逢篋笥藏
취중갱유상심처　구물시봉협사장

김창업이 지은 이 시의 원제는 「차현보기경명운(次顯甫寄敬明韻)」이며, 『노가재집』에 실려 있다.

땅속서도 나의 탄식 들을 것이리

빈 산 속에 비바람이 몰아치는데,
무덤 앞에 서자 당신 더욱 그립소.
전엔 함께 바닷가로 유배 갔는데,
지금 홀로 당신 무덤 떠나서 가오.
유배 된 건 지난날과 다름없는데,
살고 죽음 어찌 서로 나뉘어졌나.
이별 임해 탄식 소리 토하거니와,
땅속서도 나의 탄식 당신 들으리.

風雨空山裡　停驂倍憶君
풍우공산리　정참배억군

曾同流絶海　今獨別孤墳
증동류절해　금독별고분

放逐渾如舊　存亡奈已分
방축혼여구　존망내이분

臨行數聲歎　泉下想應聞
임행수성탄　천하상응문

숙종 때 기사환국(己巳換局)으로 거제도에 유배되었다가 이후 좌참찬을 지냈던 죽천(竹泉) 김진규(金鎭圭 : 1658~1716)가 나이 마흔네 살 때 부인 이씨(李氏)를 잃고 몇 년 뒤에 유배를 가던 중 무덤 앞을 지나다 쓴 이 시의 원제는 「과망실묘(過亡室墓)」이며, 『죽천집(竹泉集)』에 실려 있다.

인생살이 만고토록 덧없을 거네

당신 이미 진토로다 돌아갔는데,
나는 지금 머리 세어 남아 있다오.
새로 제비 온 걸 보고 마음 놀라고,
가을 기럭 가는 거를 눈 돌려 보오.
이내 신세 오래 홀로 지낼 거거니,
인생살이 만고 길이 덧없을 거네.
동이 노래 통곡보다 더 슬픈 거로,
나보다도 저 장자가 먼저 불렀네.

君已爲黃土　吾今久白頭
군이위황토　오금구백두
驚心新鷰夏　轉眄早鴻秋
경심신연하　전면조홍추
身世長年獨　人生萬古浮
신세장년독　인생만고부
盆歌甚於哭　先我有莊周
분가심어곡　선아유장주

문장에 능하였으며, 글씨도 잘 썼던 운와(芸窩) 홍중성(洪重聖 : 1668~1735)이 아내인 평산신씨(平山申氏)를 잃고서 지은 이 시의 원제는 「도망」이며, 『운와집(芸窩集)』에 실려 있다. 시 가운데 '동이 노래'는 장자(莊子)가 아내를 잃고 불렀다는 노래다.

이내 슬픔 그 언제나 끝이 나려나

등불 빛은 어른어른 물가 난간 비치는데,
나그네는 새벽닭이 울자 눈물 떨구누나.
이내 몸이 죽어야만 이내 슬픔 끝나려나?
오늘 밤엔 생시인 양 꿈속서도 또렷하네.
서늘바람 발에 불자 오는 가을 울어대고,
짙은 구름 골짝 끼어 어둔 그늘 쓸쓸하네.
더욱 마음 아픈 거는 편지에서 어린애가,
이 애비와 헤어진 뒤 밤낮 울고 있단 거네.

殘燭幢幢水檻低　行人淚墮五更雞
잔촉당당수함저　행인루타오경계

此身未死悲何極　今夜如生夢不迷
차신미사비하극　금야여생몽불미

凉籟在簾秋咽咽　宿陰浮峽暗凄凄
량뢰재렴추열열　숙음부협암처처

更憐稚子書中意　自別爺來日夕啼
경련치자서중의　자별야래일석제

시문과 글씨에 뛰어났던 희암(希菴) 채팽윤(蔡彭胤 : 1669~1731)이 나이 서른여덟 살 때 아내 청주한씨(淸州韓氏)가 마흔둘의 나이로 세상을 떠난 것을 애도하여 쓴 이 시의 원제는 「상산객야감몽(常山客夜感夢)」이며, 『희암집(希菴集)』에 실려 있다.

어찌 차마 내 아내를 앗아갔는가

해는 날이 갈수록 더 흘러만 가고,
사람은 또 날로 더욱 멀어지누나.
자세하게 떠올리면 되레 흐리고,
갑작스레 생각해도 아련만 하네.
맺힌 한은 갈수록 더 얽혀만 가고,
숨은 슬픔 잠시도 날 떠나지 않네.
얼굴 모습 초췌해져 기름기 없고,
귀밑머리 하얘져서 부쩍 세었네.
성인의 예 거슬러본 적이 없는데,
어찌 차마 내 아내를 앗아갔는가.

옛 제비는 텅 빈 집에 들락거리고,
새로 난 잎 빈 동산에 우거지누나.
죽은 이는 다시 아니 돌아오는데,
생일날은 누굴 위해 다시 오는가?
아이들을 데리고서 빈소에 나가,
풍속 따라 술과 밥을 차려놓았네.

당신 어찌 황천 그리 서둘러갔고,
나는 어찌 집으로다 늦게 왔던고.
단 한 번도 기쁨주지 못하였으며,
가는 그대 만류조차 하지 못했네.
착한 사람 복을 받을 길이 없으며,
인생살이 들쭉날쭉 정말 험하네.

좋은 음식 제사상에 올린다 한들,
한 수저도 뜰 수 없는 당신이구려.
항상 하던 당신 말은 귓전 도는데,
내 마음은 다 고해줄 수가 없구려.
잔 올림에 그만 나의 목이 메이어,
강물인 양 눈물만이 줄줄 흐르오.

年亦日以運　人亦日以遠
년역일이운　인역일이원

細思轉闇闇　驟想猶宛宛
세사전암암　취상유완완

結恨有漸縈　屯悲無暫遁
결한유점영　둔비무잠둔

顏凋減丹渥　鬢變生白本
안조감단악　진변생백본

所不違聖禮　何忍窺我閫
소불위성례　하인규아곤

舊燕入空樑　新葉交虛苑
구연입공량　신엽교허원

死人不復還　生辰爲誰返
사인불부환　생진위수반

携兒就几筵　隨俗設酒飯
휴아취궤연　수속설주반

重泉君何早　薄廩我何晩
중천군하조　박름아하만

一歡未曾辦　大限莫容輓
일환미증판　대한막용만

寂寥善報虛　參差命途蹇
적요선보허　참차명도건

方丈雖云薦　寸勻可能損
방장수운천　촌작가능손

恒言獨留耳　累告難盡悃
항언독류이　누고난진곤

擧杯失吾聲　河淚傾袞袞
거배실오성　하루경곤곤

채팽윤이 지은 이 시의 원제는 「사월십일감회(四月十日感懷)」이며, 『희암집』에 실려 있다.

당신의 그 잔소리가 되레 그립소

혼자된 몸 매 밤마다 잠을 들지 못하거니,
늙을수록 이내 마음 스스로 더 불쌍타오.
오십여 년 함께 했던 좋은 벗을 잃었거니,
당신의 그 잔소리를 듣지 못해 처량타오.

鰥魚夜夜不成眠　老去人情秪自憐
환어야야불성면　노거인정지자련
五十年餘良友失　不聞箴警每悽然
오십년여양우실　불문잠경매처연

하곡(霞谷) 정제두(鄭齊斗)의 문인으로서 강화학파(江華學派)의 중심 인물인 저촌(樗村) 심육(沈錥 : 1685~1753)이 아내 진주강씨(晉州姜氏)를 잃고서 쓴 이 시의 원제는 「도망」이며, 『저촌유고(樗村遺稿)』에 실려 있다.

아내 죽어 이 세상을 떠나간 뒤에

아내 죽어 이 세상을 떠나간 뒤엔,
친척들이 보낸 편지 보기 싫구나.
사람들은 아내 죽은 줄도 모르고,
아직까지 아내 병이 괜찮나 묻네.
내가 비록 마음 굳센 사람이지만,
그 말에는 차마 답을 못하겠구나.
답하는 게 옳은 줄은 알고 있지만,
답하려면 오열부터 먼저 터지네.

自君之歿矣　厭見親戚札
자군지몰의　염견친척찰

不知人已歿　猶問病劇歇
부지인이몰　유문병극헐

我雖剛腸者　何忍答其說
아수강장자　하인답기설

不答知不可　欲答已嗚咽
부답지불가　욕답이오열

이 시를 지은 김두열(金斗烈)은 시문(詩文)과 전서(篆書)에 뛰어났던 사람으로, 대략 박제가(朴齊家) 등과 같은 시대 사람이지만 자세한 이력은 미상이다. 자는 영중(英仲)이며, 호는 남촌(南村) 또는 갈관재(褐寬齋)다. 이 시의 원제는 「도망시(悼亡詩)」이며, 이덕무(李德懋)의 『청장관전서(靑莊館全書)』에 실려 있다.

어느 때에 당신 잊기 젤 어려운가

어느 때에 당신 잊기 젤 어려운가?
아침저녁 제전 드릴 바로 그 때네.
제전이란 살았을 때 본을 뜨는 것,
살았을 때 본뜨는 게 젤 슬프다오.
지난날에 그대 음식 먹을 때 보면,
더 주랴고 내 물으면 사양을 했지.
지금 상에 가득 차린 저 음식들을,
어찌 하여 당신은 다 모른 척하나?

何處難忘君　朝哺祭奠時
하처난망군　조포제전시

祭奠象生爲　象生最可悲
제전상생위　상생최가비

昔君飮食時　請益亦或辭
석군음식시　청익역혹사

如今滿床設　胡爲摠無知
여금만상설　호위총무지

김두열이 지은 이 시의 원제는 「도망시」이며, 『청장관전서』에 실려 있다.

내 비로소 아내 잃은 슬픔 알겠네

내 동생이 아내 잃고 매번 슬픔 말하기에,
내 일찍이 지나치게 슬퍼한다 말해 줬네.
제수씨야 아들과 딸 있는 복을 누렸거니,
죽었어도 산 것 같아 슬퍼할 게 없었다네.

내 비로소 아내 잃은 슬픔 뭔지 알겠거니,
동생에게 비해 보면 열 배는 더 슬프구나.
내 아내가 제수씨의 복 누리고 죽었다면,
노래할 일 많거니와 곡하며 뭘 슬퍼하랴.

吾弟哭妻每說悲 吾嘗謂弟過於悲
오제곡처매설비 오상위제과어비
有男有女宜稱福 雖死猶生未足悲
유남유녀의칭복 수사유생미족비

於吾始覺哭妻悲 比弟悲今十倍悲
어오시각곡처비 비제비금십배비
若使吾妻死如嫂 歌猶多事哭何悲
약사오처사여수 가유다사곡하비

영조 때 대제학을 지낸 회헌(悔軒) 조관빈(趙觀彬 : 1691~1757)이 나이 열다섯에 창원유씨(昌原兪氏)와 결혼하였다가 서른아홉에 아내를 잃고서 쓴 이 시의 원제는 「도망」이며, 『회헌집(悔軒集)』에 실려 있다.

외로운 밤 찬 서재서 당신 꿈꾸오

가을밤은 어쩜 이리 쓸쓸도 한가?
나의 마음 슬프고도 또 슬프다오.
하얀 달은 휘장 사이 내려 비추고,
찬 이슬은 잎새 가에 맺혀 있다오.
수심 깊어 앉은 채로 잠 못 드는데,
풀벌레는 벽 틈에서 칙칙 운다오.
떠난 당신 그리워도 볼 수 없기에,
외로운 밤 찬 서재서 당신 꿈꾸오.

秋夜何寥寥　我懷方戚戚
추야하요요　아회방척척

素月帷間照　寒露葉上滴
소월유간조　한로엽상적

憂人坐不眠　草虫鳴在壁
우인좌불면　초충명재벽

之子不可思　獨夢寒齋夕
지자불가사　독몽한재석

문장이 청절(淸絶)하여 진정한 유신(儒臣)이라는 평을 들었던 월곡(月谷) 오원(吳瑗 : 1700~1740)이 열여섯 살 때 결혼한 안동권씨(安東權氏)를 열아홉에 잃고서 쓴 이 시의 원제는 「추소독좌(秋宵獨坐)」이며, 『월곡집(月谷集)』에 실려 있다.

죽은 당신 차가운 재 되어 갈 거리

우리 인생 흘러가는 물과 같으니,
한번 가면 어찌 다시 올 수 있으랴.
비단 창은 적막 속에 닫혀져 있고,
밝은 달은 가끔씩 와 다시 비추네.
모습 차마 또렷이 못 떠올리는 건,
내 가슴에 오랜 슬픔 품어서라오.
남은 나는 날로 잊기 쉬울 것이고,
죽은 당신 차가운 재 되어갈 거리.

人生如逝川　一去那復回
인생여서천　일거나부회
綺窓寂寂掩　明月時時來
기창적적엄　명월시시래
思君不忍詳　我懷久含哀
사군불인상　아회구함애
生者日易忘　死者且寒灰
생자일이망　사자차한회

오원이 지은 이 시의 원제는 「추소독좌」이며, 『월곡집』에 실려 있다.

나를 위해 어찌 좀 더 안 머물렀소

나는 아니 등졌는데 당신은 날 등지고 가,
규계의 말 맺은 약속 모두가 다 글러졌소.
황천에 가 부모 모신 당신은 맘 즐겁지만,
나를 위해 어찌 좀 더 있어주질 아니했소?

吾不負君君負余　良箴信誓一成虛
오불부군군부여　양잠신서일성허
歸侍重泉君則樂　爲吾何不少躊躇
귀시중천군즉락　위오하불소주저

오원이 지은 이 시의 원제는 「도망실(悼亡室)」이며, 『월곡집』에 실려 있다.

인간 세상 어느 누가 내 맘 알겠소

나의 죄가 쌓이어서 당신 죽게 하였거니,
당신 일찍 떠나가서 나의 삶은 궁해졌소.
인간 세상 어느 누가 이런 내 맘 알겠소.
눈이 쌓인 무덤에서 홀로 눈물 떨군다오.

以我積殃致君死 由君早沒極吾窮
이아적앙치군사 유군조몰극오궁
人間孰更知心者 淚落孤阡積雪中
인간숙갱지심자 누락고천적설중

오원이 지은 이 시의 원제는 「도망실(悼亡室)」이며, 『월곡집』에 실려 있다.

애통한 맘 당신에게 전할 수 없네

한 번 모습 멀어져서 그려 보기 힘들거니,
삼십 년의 그 세월이 한 조각의 꿈같구려.
오늘의 이 한이 없는 애통스런 내 마음을,
무슨 수로 구천에 간 당신에게 알게 하랴.

音容一隔杳難追　卅載光陰片夢疑
음용일격묘난추　삽재광음편몽의
此日傷心無限事　何由報與九泉知
차일상심무한사　하유보여구천지

조선 후기의 대표적인 서화가인 표암(豹菴) 강세황(姜世晃 : 1713~1791)이 동갑내기 아내 진주유씨(晉州柳氏)가 가난 속에서 살다가 마흔넷의 나이로 세상을 뜬 것을 애통해 하며 지은 이 시의 원제는 「도망(悼亡)」이며, 『표암유고(豹菴遺稿)』에 실려 있다.

이내 신세 가련하여 눈물 흘리오

쇠잔한 몸 정처 없이 떠돌기가 괴로운데,
자식들 다 보내고서 이곳으로 다시 왔소.
떠나가서 아무 생각 없는 당신 부럽거니,
이내 신세 가련하여 눈물 옷깃 적신다오.

孱軀飄轉苦無依　更遣諸孤這處歸
잔구표전고무의　갱견제고저처귀
逝者冥然眞可羨　自憐身世輒霑衣
서자명연진가선　자련신세첩점의

강세황이 지은 이 시의 원제는 「도망」이며, 『표암유고』에 실려 있다.

집에 오니 죽은 당신 말이 없구려

헤진 수건 낡은 경대 저녁 해는 저무는데,
관속 당신 말 없거니 소리친들 못 들으리.
눈이 쌓인 빈 뜰에는 사람 자취 없거니와,
천리 밖서 당신 남편 이제야 집 다달았소.

敗帨殘奩日欲曛　一棺冥寂叫何聞
패세잔렴일욕훈　일관명적규하문
虛庭積雪無人跡　千里阿郎始到門
허정적설무인적　천리아랑시도문

영조 때 남인으로 영의정을 지낸 번암(樊巖) 채제공(蔡濟恭 : 1720~1799)이 경상도 병산(甁山)에 있다가 아내 동복오씨(同福吳氏)가 서른둘의 젊은 나이로 죽었다는 소식을 듣고 서울 집으로 와서 지은 이 시의 원제는 「도구제(到舊第)」이며, 『번암집(樊巖集)』에 실려 있다.

당신은 달 바라보며 아들 빌었지

해마다 늘 정월보름 달빛 밝은 밤이면,
당신은 달 바라보며 아들 낳길 빌었지.
가련할사 당신 이미 죽고 아들 없는데,
봄 돌아온 옛 성에는 달빛이 그대로네.

每歲佳辰上元夜　山妻拜月願生男
매세가신상원야　산처배월원생남
可憐人死仍無子　依舊春城月色含
가련인사잉무자　의구춘성월색함

채제공이 아내를 장사지내고 난 뒤에 쓴 이 시의 원제는 「상원야(上元夜)」이며, 『번암집』에 실려 있다.

당신 생전 지어 놓은 하얀 모시옷

밝고 맑은 흰 모시옷 하얀 눈과 같거니와,
당신께서 살았을 때 간수했던 것이라오.
당신께서 고생하며 날 위하여 지었건만,
바느질도 다 못한 채 먼저 가고 말았구려.

옷감 상자 열더니만 할멈 울며 하는 말이,
우리 마님 솜씨 누가 대신할 수 있단 말가.
마름질해 만드는 건 이미 모두 끝내놓고,
바느질로 시친 자국 고스란히 남아있네.

아침 되어 빈 방에서 슬쩍 한번 입어보니,
당신의 그 고운 모습 다시 보는 것만 같네.
전에 당신 창 앞에서 바느질을 하던 그때,
오늘 내가 옷 입는 걸 못 볼 줄은 몰랐다오.

이 옷 비록 하찮지만 내겐 소중한 거라오.
이제부터 어디에서 당신 지은 옷 구하랴.
누구라도 황천 가서 내 말을 좀 전해주소.
지어 놓은 모시옷이 나에게 딱 맞는다고.

皎皎白紵白如雪　云是家人在時物
교교백저백여설　운시가인재시물

家人辛勤爲郎厝　要襋未了人先歿
가인신근위랑조　요극미료인선몰

舊篋重開老姆泣　誰其代斲婢手拙
구협중개로모읍　수기대착비수졸

全幅已經刀尺裁　數行尙留針線跡
전폭이경도척재　수행상류침선적

朝來試拂空房裏　怳疑更見君顔色
조래시불공방리　황의갱견군안색

憶昔君在窓前縫　安知不見今朝着
억석군재창전봉　안지불견금조착

物微猶爲吾所惜　此後那從君手得
물미유위오소석　차후나종군수득

誰能傳語黃泉下　爲說穩稱郎身無罅隙
수능전어황천하　위설온칭낭신무하극

채제공이 아내가 생전에 지어놓은 모시옷을 보고 애통해 하는 마음을 담은 이 시의 원제는 「백서행(白紵行)」이며, 『번암집』에 실려 있다.

당신 정말 나의 좋은 벗이었다오

당신이 글 모르는 걸 내가 알거니,
열아홉 수 옛 시만을 암송하였지.
나에게 늘 말하였지, 당신의 시를,
어찌하면 영원히 안 썩게 할까요?
어찌 나의 좋은 짝일 뿐이었으랴,
좋은 벗을 얻은 거를 내 좋아했소.
천년 세월 흐른 뒤에 논하더라도,
나의 좋은 아내임에 손색 없으리.

知子不解文　愛誦十九首
지자불해문　애송십구수
謂言夫子詩　奈何得不朽
위언부자시　내하득불후
豈猶有好逑　樂此得良友
기유유호구　낙차득양우
尙論千載下　不愧震澤婦
상론천재하　불괴진택부

시문(詩文)을 좋아하여 일생동안 삼천리강산을 유람하면서 많은 시를 남겼고, 당시에 한시의 사대가로 불렸던 진택(震澤) 신광하(申光河 : 1729~1796)가 지은 이 시의 원제는 「고실만(故室挽)」이며, 『진택문집(震澤文集)』에 실려 있다. 시에 나오는 '열아홉의 옛 시'는 중국의 고시(古詩) 가운데 대표적인 열아홉 수의 고시를 이른다.

아내 묻힌 무덤 위에 다시 돋은 쑥

지난해 내 관서 지방 향해서 길 떠나가서,
석 달 동안 강산 돌며 천리 유람하였었지.
돌아오니 당신은 병들고 쑥도 시들었는데,
당신 울며 말하였지, 어쩜 이리 늦었나요?
시절 사물 흐르는 물 같아서 안 멈춰 있고,
우리 삶은 그 사이의 하루살이 같은 거니,
저야 죽어 없어져도 쑥은 다시 돋을 건데,
그 쑥 보면 당신은 절 생각하여 주실 거죠?
오늘 마침 제수씨가 밥상 차려 내왔는데,
상에 놓인 쑥을 보자 울컥하고 목 메이네.
그 당시에 나를 위해 쑥을 뜯던 그 사람의,
자그마한 무덤 위에 쑥은 다시 돋았구나!

前年我行西出關　三月湖山千里遊
전년아행서출관　삼월호산천리유

歸來君病艾亦老　泣道行期何遲留
귀래군병애역노　읍도행기하지류

時物如流不待人　人生其間如蜉蝣
시물여류부대인　인생기간여부유

我死明年艾復生　見艾子能念我不
아사명년애부생　견애자능념아부

今日偶從弟婦食　盤中柔芽忽硬喉
금일우종제부식　반중유아홀경후

當時爲我採艾人　面上艾生土一坯
당시위아채애인　면상애생토일배

시에 뛰어났고, 『대동패림(大東稗林)』을 집편한 효전(孝田) 심노숭(沈魯崇 : 1762~1837)이 서른둘의 나이에 세상을 떠난 아내의 무덤 위에 자라난 쑥을 보고, 쑥을 뜯던 아내의 모습을 그린 이 시의 원제는 「동원(東園)」이며, 『효전산고(孝田散稿)』에 실려 있다. 시는 전체가 34구로 이루어져 있는데, 여기서는 뒷부분만 실었다.

관 앞에서 아이들이 눈물 흘리오

상 위의 금 만져보매 줄이 이미 끊어졌고,
화장 거울 깨어져서 다시 붙일 수 없구나.
어두워져 빈 침상에 아내 베개 놓은 뒤에,
관 앞에서 아이들이 우는 거를 차마 보네.

欲撫床琴已斷絃 還嘆粧鏡破難圓
욕무상금이단현 환탄장경파난원
安排虛枕黃昏後 忍見孤兒哭棺前
안배허침황혼후 인견고아곡관전

그림에 뛰어났던 송월헌(松月軒) 임득명(林得明 : 1767~?)은 시서화(詩書畵) 삼절(三絶)로 일컬어진 사람이지만 그의 삶에 대해서는 거의 알려진 바가 없다. 이 시의 원제는 「만실인천씨(挽室人千氏)」이며, 『송월만록(松月漫錄)』에 실려 있다.

예전의 그 당신 모습 아니 보이네

세상 영화 날로 더욱 새로 생겨난다 해도,
이내 몸은 이제 정녕 외로운 몸 되었구려.
늙어 나를 기쁘게 할 식구 없진 않지마는,
그 예전에 혼인했던 당신 모습 안 보이네.

縱復榮觀日日新　思量判作踽涼身
종부영관일일신　사량판작우량신
非無眷屬堪娛老　不見當年結髮人
비무권속감오로　불견당년결발인

경수당(警修堂) 신위(申緯 : 1769~1845)는 글씨와 그림, 시에 뛰어난 사람으로, 조선 말기의 학자 김택영(金澤榮)은 그의 시에 대해 500년 이래의 대가라고 평한 바 있다. 아내 창녕조씨(昌寧曺氏)가 마흔세 해를 함께 살다가 쉰일곱의 나이로 죽은 것을 슬퍼하여 지은 이 시의 원제는 「도망」이며, 『경수당전고(警修堂全藁)』에 실려 있다.

당신 보던 원추리는 다시 피었소

등불 아래 곡하는데 당신 있던 방에서,
벌레소리 직직 대니 가을이 왔나 보오.
당신 생전 사철 만물 지금도 변함없어,
원추리는 노란빛의 봉황부리 머금었소.

夕哭燈光冷舊房　陰虫喞喞向秋凉
석곡등광랭구방　음충즐즐향추량
生時節物今猶在　萱草花含鳳嘴黃
생시절물금유재　훤초화함봉취황

신위가 지은 이 시의 원제는 「도망」이며, 『경수당전고』에 실려 있다.

눈물 애써 참으려도 못 참는다오

눈물 애써 참으려도 지금은 내 못 참나니,
내 살면서 슬픈 일을 그 얼마나 겪었는가.
내 뱃속에 푸른 매실 들어있는 것만 같아,
뭘 먹어도 언제나 늘 쓴 맛만이 느껴지네.

制淚而今也不難　此生閱歷幾悲歡
제루이금야불난　차생열력기비환
中腔有似青梅子　恠底長常一味酸
중강유사청매자　괴저장상일미산

신위가 지은 이 시의 원제는 「도망후(悼亡後)」이며, 『경수당전고』에 실려 있다.

슬픈 눈물 감추려고 눈길 돌리네

문 안으로 들다 다시 밖으로 나와,
고개 들어 이리 저리 눈길 돌리네.
남쪽 언덕 산 살구는 꽃이 피었고,
서쪽 물가 하얀 백로 대여섯 마리.

入門還出門　擧頭忙轉矚
입문환출문　거두망전촉
南岸山杏花　西洲鷺五六
남안산행화　서주로오륙

호조참판을 지냈으며, 문장이 전아간고(典雅簡古)하기로 유명했던 임연(臨淵) 이양연(李亮淵 : 1771~1856)이 죽은 아내의 모습이 떠올라 흐르려는 눈물을 참는 모습을 그린 이 시의 원제는 「다비(躱悲)」이며, 『임연당집(臨淵堂集)』에 실려 있다.

당신과 나 처지 바꿔 태어난다면

어찌하면 저승에 가 월모 만나 애원하여,
내세에는 당신과 나 처지 바꿔 태어나랴.
나는 죽고 당신 살아 천리 밖에 와있으면,
이내 마음 이내 슬픔 당신도 다 알 것이리.

那將月姥訟冥司　來世夫妻易地爲
나장월모송명사　내세부처역지위
我死君生千里外　使君知我此心悲
아사군생천리외　사군지아차심비

조선 후기의 대표적인 실학자이며 서예가인 추사(秋史) 김정희(金正喜 : 1786~1856)가 지은 이 시의 원제는 「도망」이며, 『완당집(阮堂集)』에 실려 있다.
시 가운데 '월모'는 부부의 인연을 맺어 준다고 하는 전설상의 노파다. 도망시(悼亡詩) 가운데 백미로 손꼽히는 이 시는 추사가 제주도에 유배를 가 있던 중 아내의 부음을 한 달 뒤에 듣고서 지은 것이다.

황천에다 무슨 수로 말을 전하랴

젊은 시절 인연 맺어 서로 부부 되어서는,
사십구 년 세월동안 고락을 다 함께 했네.
지금 와서 당신은 왜 먼저 갔나 묻고프나,
황천에다 무슨 수로 말을 통할 수 있으랴.

青春結髮爲夫婦　四十九年甘苦同
청춘결발위부부　사십구년감고동
今來欲問君先去　泉下何有一語通
금래욕문군선거　천하하유일어통

이 시를 지은 서경창(徐慶昌)은 고구마 재배법에 관한 저술인 『종저방(種藷方)』을 저술하기도 했는데, 생몰년이 미상이다. 1800년대 초반에 활동한 실학자로도 알려져 있지만 그의 일생에 대해서는 거의 알려진 바가 없다. 이 시의 원제는 「부인백씨만(夫人白氏挽)」이며, 그의 문집인 『학포헌집(學圃軒集)』에 실려 있다.

혼자 된 날 당신 또한 불쌍해 하리

비가 불러 떠난 당신 애통해 하고,
짧은 꿈에 기대 당신 다시 만나오.
옛 문갑엔 은장도만 남아있는데,
빈 당에서 술과 음식 제수 올리오.
해 저물어 눈보라쳐 맘 놓라거니,
황천에서 떠는 당신 어쩌면 좋소
당신의 혼 이곳으로 와서 있다면,
혼자된 날 애처롭게 볼 것이리라.

규장각 제학을 지냈으며, 문장으로 명성이 높았던 침계(梣溪) 윤정현(尹定鉉 : 1793~1874)이 나이 열일곱 때 고령박씨(高靈朴氏)와 결혼을 하였다가 스물아홉에 아내를 잃고서 지은 이 시의 원제는 「도망」이며, 『침계집(梣溪集)』에 실려 있다.

悲歌哀永逝 短夢托重歡
비가애영서 단몽탁중환
舊篋餘刀尺 虛堂薦酒餐
구협여도척 허당천주찬
忽驚風雪暮 若慰夜臺寒
홀경풍설모 약위야대한
知有精靈在 應憐我體單
지유정령재 응련아체단

가난 속에 당신은 날 걱정하였소

화로에다 데운 술을 따라서 잔 채웠으며,
찬 국수에 신 김치를 가지런히 차려냈소.
내가 한번 배부른 걸 몹시 기뻐했거니와,
풀만 먹어 병이 들까 걱정해서 그랬었지.

爐中煖酒淺斟杯　冷麵酸菹次第開
노중난주천짐배　냉면산저차제개

良人一飽非無喜　復恐蔬腸病又來
양인일포비무희　부공소장병우래

윤정현이 지은 이 시의 원제는 「노방」이며, 『침계집』에 실려 있다.

추울 당신 생각자니 간장 끊기네

낙엽이 진 텅 빈 산에 밤 서리가 내리리니,
추운 까막 조각달은 한층은 더 황량하리.
당신 생전 만들어둔 솜옷 입고 있으면서,
추울 당신 생각자니 이내 간장 끊긴다오.

木落空山夜有霜 淡鴉殘月轉荒涼
목락공산야유상 담아잔월전황량
寒衣尙着君裁剪 欲說君寒更斷腸
한의상착군재전 욕설군한갱단장

조선 후기의 대표적인 서화가인 표암(豹菴) 강세황(姜世晃)의 증손이며, 시서화(詩書畵) 삼절(三絶)이라 칭해졌던 대산(對山) 강진(姜溍 : 1807~1858)이 지은 이 시의 원제는 「도망」이며, 『조야시선(朝野詩選)』에 실려 있다.

당신과 나 어느 쪽이 더 슬프려나

당신 먼저 떠나가서 그 어디로 가셨는가?
나는 차마 못 갔는데 당신 차마 가셨구려.
당신 혼령 아직까지 아니 사라졌을 건데,
내 마음과 비교해서 어느 쪽이 더 슬프오?

君先我去去何之　我不忍爲君忍爲
군선아거거하지　아불인위군인위
君亦冥靈應未昧　此心相較孰加悲
군역명령응미매　차심상교숙가비

고종 때 대제학을 지냈으며, 문장에 뛰어나 고종의 총애를 받았던 하정(荷亭) 김영수(金永壽 : 1829~1899)가 50여 년을 함께 살다가 죽은 풍양조씨의 죽음을 애도하여 쓴 이 시의 원제는 「도처(悼妻)」이며, 『하정집(荷亭集)』에 실려 있다.

우리 집안 당신 덕에 번성했다오

부부 인연 맺고 산 지 오십 년의 세월인데
가난 고통 두루 겪어 말하자니 슬프다오.
우리 집안 지금처럼 번성하게 된 건 바로,
당신의 그 어진 덕에 힘입어서 된 거라오.

結髮于今五十年　備嘗貧苦說悽然
결발우금오십년　비상빈고설처연

我家近日門闌盛　實賴夫人婦德賢
아가근일문란성　실뢰부인부덕현

김영수가 지은 이 시의 원제는 「도처」이며, 『하정집』에 실려 있다.

당신 죽자 주위 풍경 삭막해졌소

벼슬 없는 나와 살다 삼십 세에 죽은 당신,
남편 지위 없는 거와 가난함 안 싫어했지.
난초 같은 당신 향기 사라지고 난 뒤에는,
시골 마을 봄 풍경이 절반은 더 줄었구려.

三十行年一孺人　不嫌郎賤不嫌貧
삼십행년일유인　불혐랑천불혐빈
自從蘭蕙無香後　減却儂家太半春
자종란혜무향후　감각농가태반춘

정약용(丁若鏞) 등의 학통을 계승한 계몽운동가 해학(海鶴) 이기(李沂 : 1848~1909). 그는 1907년 나철(羅喆) 등과 함께 자신회(自新會)를 조직하여 을사오적(乙巳五賊)을 처단하려 계획하였으나 실패한 바 있다. 나이 서른 살 때 두 번째 부인인 전주최씨를 잃고서 쓴 이 시의 원제는 「도망」이며, 『해학유서(海鶴遺書)』에 실려 있다.

나의 옷을 맞게 지을 사람 없으리

열다섯에 스스로가 바느질을 익힌 당신,
나의 옷의 길고 짧음 익숙히 잘 알았었지.
가죽 혁대 삼베 적삼 넉넉하고 큰 모양을,
나의 몸에 딱 맞게 할 사람 다시 없을 거리.

自學操針十五時　郎衣長短慣曾知
자학조침십오시　낭의장단관증지
韋帶布衫寬大樣　更無人製入身宜
위대포삼관대양　갱무인제입신의

이기가 지은 이 시의 원제는 「도망」이며, 『해학유서』에 실려 있다.

어린 아들 두고 차마 당신 갔구려

아이 어려 곡할 줄을 모르거니와,
곡소리가 글을 읽는 소리 같구려.
갑작스레 엉엉 울며 안 멈추더니,
구슬 같은 눈물 줄줄 흘리는구려.

兒小不知哭　哭聲似讀書
아소부지곡　곡성사독서
忽然啼不住　簌簌淚連珠
홀연제불주　속속루련주

조선 말기의 대표적인 문장가로, 『당의통략(黨議通略)』을 저술한 영재(寧齋) 이건창(李建昌 : 1852~1898)은 강화학파의 학문적 태도를 실천적으로 받아들인 사람이다. 나이 열둘에 시집을 와 10년을 함께 살다가 젊은 나이 스물둘에 세상을 뜬 아내 달성서씨(達城徐氏)를 애도하여 지은 이 시의 원제는 「도망」이며, 『명미당집(明美堂集)』에 실려 있다.

당신 없는 집은 남의 집만 같다오

그릇 가엔 눈물 자욱 안 말랐는데,
자리 위엔 벌써 먼지 가득 쌓였소.
슬픔 참고 중문 안에 들어가 보니,
내 집인데 마치 남의 집만 같구려.

未乾桮棬淚　仍積簟牀塵
미건배권루　잉적점상진
更忍中門入　家居亦外人
갱인중문입　가거역외인

이건창이 지은 이 시의 원제는 「도망」이며, 『명미당집』에 실려 있다.

죽은 뒤에 보니 당신 어진 아내네

살았을 땐 못난 아내 같았던 당신,
죽은 뒤에 보니 정말 어진 아내네.
집안 식구 곡을 하는 소리 들으니,
모든 이들 당신 은혜 입은 듯하네.

在時惟拙婦　沒後乃賢媛
재시유졸부　몰후내현원
試聽全家哭　人人似有恩
시청전가곡　인인사유은

이건창이 지은 이 시의 원제는 「노망」이며, 『명미당집』에 실려 있다.

2. 여인의 마음

— 아내가 부르는 노래

깊은 밤의 그리움에 사무친 한을
相思深夜恨
오로지 저 등불만이 홀로 알리라
唯有一燈知

— 이규보李奎報의 시 중에서

아내와 나는 스물아홉에 결혼해서 서른 두 해를 함께 살았습니다. 가난한 집의 장남이었던 나에게 시집온 아내는, 우리 세대의 다른 부부들이 대부분 겪었던 모든 어려움을 참으로 질리도록 겪었습니다. 그런 가운데서도 아내는 특유의 부드러움과 너그러움으로 원만하게 가정을 꾸려오면서 집안을 일으켜 세웠습니다.

나와 함께 사는 동안에 아내가 겪었을 가장 큰 고통은, 아마도 자신을 살갑게 대해주지 않는 나에 대한 서운함이었을 것이다. 지금 와서 생각해 보면, 참으로 나는 못난 남편이었습니다. 아내에 대해 고마운 마음으로 살갑게 대해주기보다는 조그마한 흠결소차도 그냥 지나치지 못하는 못난 남편이었습니다. 지금 와서 생각해 보면 모든 것이 후회스럽습니다.

이 장에서는 여인들의 마음을 읊은 시를 모았다. 대부분의 시가 남정네의 무심함에 대한 서운함, 이별에 따른 아픔, 친정에 대한 그리움 등의 내용으로 이루어져 있습니다. 아내가 나와 함께 사는 동안에 느꼈을 심정 역시 대부분이 이러한 것이었을 것입니다. 이러한 시들을 정리하면서 다시금 아내의 모습을 떠올려 보니, 참으로 그립습니다.

우리 님을 어이할꼬

강 건너지 마시어요, 아니 되어요.
그런데도 님은 그예 강을 건넜네.
건너던 중 강에 빠져 돌아가시니.
우리 님을 어이할꼬 어이할 거나.

公無渡河　公竟渡河
공무도하　공경도하

墮河而死　當奈公何
타하이사　당나공하

이 시를 지은 여옥(麗玉)은 어느 때의 인물인지 자세하지 않으며, 작품의 연대는 대략 중국 한(漢)나라 때인 기원전 108년부터 서기 200년경으로 추정된다. 이 시는 「공무도하가(公無渡河歌)」 또는 「공후인(箜篌引)」으로 알려져 있다. 『해동역사(海東繹史)』에 실려 있다.

이내 청춘 어이할꼬

담담하게 마음 가져 깨끗하길 생각는데,
산골짜기 적막하여 사람은 안 보이네요.
아름다운 봄꽃들의 고운 향기 그립거니,
어이 하면 좋을 거나, 이내 젊은 청춘을.

化雲心兮思淑貞　洞寂滅兮不見人
화운심혜사숙정　동적멸혜불견인
瑤草芳兮思芬蒕　將奈何兮青春
요초방혜사분온　장나하혜청춘

신라 때 사람인 설승충(薛承沖)의 딸로, 열다섯 살 때 중이 되었다가 이 시를 짓고는 환속하여 시집갔다고 하는 설요(薛瑤). 그녀가 지은 이 시의 원제는 「반속요(返俗謠)」이며, 『해동역사(海東繹史)』에 실려 있다.

아낙의 마음

수레 한번 떠나간 뒤 벌써 한해 지났기에,
여러 차례 누각 올라 혹 오시나 했었어요.
그리운 맘 이와 같이 괴롭고도 괴롭지만,
공 세우지 못하고서 오기는 안 바라네요.

一別征車隔歲來　幾勞登覩倚樓臺
일별정차격세래　기로등도의루대
雖然有此相思苦　不願無功便早迴
수연유차상사고　불원무공편조회

고려 초기의 재상으로, 6대 임금 성종에게 「시무28조」를 올려 새로운 국가 체제의 정비에 깊은 영향을 주었던 최승로(崔承老 : 927~989)가 지은 이 시의 원제는 「대인기원(代人寄遠)」이며, 『동문선』에 실려 있다.

등잔불

적적하고 적적할사 텅 빈 규방에,
비단 이불 어느 누굴 위해 펴리오.
깊은 밤의 그리움에 사무친 한을,
오로지 저 등불만이 홀로 알리라.

寂寂空閨裏　錦衾披向誰
적적공규이　금금피향수

相思深夜恨　唯有一燈知
상사심야한　유유일등지

시와 거문고와 술을 좋아하여 삼혹호선생(三酷好先生)이라 불렸던 백운거사(白雲居士) 이규보(李奎報 : 1168~1241)가 지은 이 시의 원제는 「하일즉사(夏日卽事)」이며, 그의 문집인 『동국이상국집(東國李相國集)』에 실려 있다.

남편 걱정

밝고 밝은 보름달이 하늘에 떠서,
길고도 긴 이 가을밤 비쳐주네요.
슬픈 바람 서북쪽서 몰아쳐 오고,
귀또리는 침상 곁서 저리 우네요.
당신께서 변방 멀리 떠나간 뒤로,
이 천첩은 빈방 홀로 지킨답니다.
빈방 홀로 지키는 건 괜찮지마는,
옷이 없어 추울 당신 걱정이네요.

皎皎天上月 照此秋夜長
교교천상월 조차추야장
悲風西北來 蟋蟀鳴我床
비풍서북래 실솔명아상
君子遠行役 賤妾守空房
군자원행역 천첩수공방
空房不足恨 感子寒無裳
공방부족한 감자한무상

본디는 위그르(Uighur) 사람으로, 원나라에서 벼슬을 하다가 고려에 귀화하여 고창백(高昌伯)에 봉해졌던 설손(偰遜 : ?~1360)이 지은 이 시의 원제는 「의수부도의사(擬戍婦擣衣詞)」이며, 『동문선』에 실려 있다.

마음 변한 정인에게

그대에게 동심결을 내 주었더니,
그댄 내게 합환선을 선사했지요.
그대 마음 처음과는 같지 않아서,
좋아하고 미워함이 무상했지요.
내 즐거움 이루지를 못하였기에,
몸 야위어 밤낮으로 생각했지만,
날 버려도 그대 원망 아니하네요.
새 사람이 어여쁘긴 하겠지마는,
그 어여쁨 그 얼마나 오래 가리오.
가는 세월 화살보다 더 빠르거니,
꽃과 같이 얼굴 고운 그 여인 역시,
언젠가는 얼굴 위에 주름질 걸요?

贈君同心結　貽我合歡扇
증군동심결　태아합환선

君心竟不同　好惡干萬變
군심경부동　호악간만변

我歡亦未成　憔悴日夜戀
아환역미성　초췌일야연

棄損不怨君　新人多婉孌
기손불원군　신인다완련

婉孌能幾時　光陰疾於箭
완련능기시　광음질어전

焉知如花人　亦有欺皺面
언지여화인　역유기추면

호부상서를 지낸 제정(霽亭) 이달충(李達衷 : ?~1385)이 지은 이 시의 원제는 「규정(閨情)」이며, 『제정집(霽亭集)』에 실려 있다.

님과 함께 지내고파라

고운님과 만날 때엔 꽃이 한창 피었더니,
고운님과 이별 뒤엔 쓸어낸 듯 자취 없네.
꽃이 피고 지는 거는 다 끝나는 때가 없어,
곱디고운 나의 얼굴 날로 쇠어 늙게 하네.
고운 얼굴 거울 속서 되돌리기 어려운데,
봄바람은 꽃가지를 향해 다시 불어오네.
어찌 하면 님과 만나 다시는 안 헤어지고,
둘이 함께 꽃 앞에서 길이 취해 넘어질꼬.

玉人逢時花正開 玉人別後花如掃
옥인봉시화정개 옥인별후화여소

花開花落無了期 使我朱顏日成耄
화개화락무료기 사아주안일성모

顏色難從鏡裏回 春風還向花枝到
안색난종경리회 춘풍환향화지도

安得相逢勿寂寞 與子花前長醉倒
안득상봉물적막 여자화전장취도

이 시를 지은 오수(吳璲)는 고려 중기의 인물로, 자세한 이력은 미상이다. 이 시의 원제는 「유소사(有所思)」이며, 『동문선』에 실려 있다.

오랜 이별

당신 한번 떠난 뒤로 오래 기별 없었는데,
변방 땅의 삶과 죽음 알려주는 이 없다오.
오늘 처음 솜옷 지어 아이 편에 보내오니,
님 보내고 돌아올 때 뱃속 있던 아이라오.

一別年多消息稀　塞垣存歿有誰知
일별년다소식희　새원존몰유수지
今朝始寄寒衣去　泣送歸時在腹兒
금조시기한의거　읍송귀시재복아

고려 말 삼은(三隱)의 한 사람으로, 이방원(李芳遠)에게 죽임을 당한 고려의 대표적인 충신 포은(圃隱) 정몽주(鄭夢周 : 1337~1392)가 지은 이 시의 원제는 「정부원(征婦怨)」이며, 『포은집(圃隱集)』에 실려 있다.

애달픈 맘

하늘의 도 쉬지 않고 운행하거니,
쓸쓸해라 가을 기운 마음 슬프네.
산들산들 서녘 바람 불어서 오매,
솨악솨악 마른 나무 가지가 운다.
훌쩍하니 먼 길 떠난 낭군께서는,
한번 가선 되돌아올 기약이 없네.
첩의 몸은 빈 방만을 지키거니와,
밤낮으로 낭군 생각 길고도 기네.
생각해도 우리 낭군 보지 못하니,
애달고도 슬픈 마음 내 어이하랴.

亹亹天機運　肅肅秋氣悲
미미천기운　숙숙추기비

飄飄西風來　摵摵號枯枝
표표서풍래　색색호고지

悠悠遠行客　一去無還期
유유원행객　일거무환기

妾身在空閨　日夜長相思
첩신재공규　일야장상사

相思不可見　惻愴終何爲
상사불가견　측창종하위

삼은(三隱)의 한 사람으로, 유배를 갔다가 죽임을 당한 도은(陶隱) 이숭인(李崇仁 : 1347~1392)이 지은 이 시의 원제는 「감흥(感興)」이며, 『동문선』에 실려 있다.

봄 시름

봄바람이 어젯밤에 침실 안에 불더니만,
살구꽃은 떨어지고 복사꽃은 향 풍기네.
병풍 위에 비친 달은 유리처럼 반짝이고,
이불 반쪽 늙은 것은 한 쌍의 원앙이네.
비파 잡고 타 보아도 곡조를 못 이루고,
연지 바른 이마에는 눈물 자국 얼룩지네.
봄 시름이 이렇듯이 바다 같이 깊건마는,
파랑새는 한번 가서 영영 아니 오는구나.

春風昨夜吹洞房　杏花零落桃花香
춘풍작야취동방　행화영락도화향

短屛月色瑠璃光　半被老却雙鴛鴦
단병월색류리광　반피로각쌍원앙

強撥琵琶不成曲　淚痕點染臙脂額
강발비파불성곡　누흔점염연지액

春愁如許深似海　靑鳥一去無消息
춘수여허심사해　청조일거무소식

서거정이 지은 이 시의 원제는 「춘규원(春閨怨)」이며, 『사가집』에 실려 있다.

애간장이 녹을 때

낭군이여 낭군이여, 내 낭군이여,
금년에는 오시나요, 안 오시나요?
강 머리에 봄풀 자라 푸르러지면,
이 소첩의 애간장이 녹을 때네요.

爲報郎君道　今年歸未歸
위보랑군도　금년귀미귀
江頭春草綠　是妾斷腸時
강두춘초녹　시첩단장시

유방선(柳方善)의 문인이며, 시부(詩賦)에 특히 뛰어났던 진일재(眞逸齋) 성간(成侃 : 1427~1456)이 지은 이 시의 원제는 「나홍곡(囉嗊曲)」이며, 『진일재집(眞逸齋集)』에 실려 있다.

대나무와 보름달

첩의 맘은 대나무와 같이 곧은데,
낭군 맘은 보름달과 같이 둥그네.
둥근 달은 이즈러질 때가 있지만,
대 뿌리는 단단하게 뭉쳐져 있네.

妾心如斑竹　郎心如團月
첩심여반죽　낭심여단월
團月有虧盈　竹根千萬結
단월유휴영　죽근천만결

성간(成侃)이 지은 이 시의 원제는 「나홍곡」이며, 『진일재집』에 실려 있다.

다듬이질

님 계신 데 겨울옷을 못 보냈기에
밤 깊도록 다듬이를 치고 있네요.
저 등불은 첩 신세와 비슷하여서,
눈물이 다 마르고서 속도 타네요.

未授三冬服　空催半夜砧
미수삼동복　공최반야침

銀釭還似妾　淚盡又燒心
은강환사첩　누진우소심

호조참판을 지냈고, 문장에 능하였던 괴애(乖崖) 김극검(金克儉 : 1439~1499)이 지은 이 시의 원제는 「규정(閨情)」이며, 『속동문선(續東文選)』에 실려 있다.

생각이 머무는 곳

아침에도 그리운 님 생각이 나고,
저녁에도 그리운 님 생각이 나네.
그리워서 생각는 님 어디에 있나?
천리 아득 길은 멀어 가이없구나.
풍파 일어 바라다볼 수도 없으며,
기럭 편에 편지조차 못 전하누나.
님께 소식 오랫동안 전하지 못해,
이내 마음 헝클어진 실타래 같네.

朝亦有所思　暮亦有所思
조역유소사　모역유소사
所思在何處　千里路無涯
소사재하처　천리노무애
風潮望難越　雲鴈託無期
풍조망난월　운안탁무기
欲寄音情久　心中亂如絲
욕기음정구　심중난여사

조선 성종(成宗)의 형인 월산대군(月山大君)으로, 시문에 뛰어나 『속동문선』에 많은 작품이 수록되어 있는 풍월정(風月亭) 이정(李婷 : 1454~1488)이 지은 이 시의 원제는 「유소사(有所思)」이며, 『풍월정집(風月亭集)』에 실려 있다.

잠 못 드는 가을밤

천산에는 낙엽 지고 강물 길어 아득한데,
가을 하늘 한 기러기 뜬 구름은 아스랗네.
빈 뜨락엔 달 밝아서 귀또리의 울음 길고,
풀밭에는 이슬 젖어 반딧불 빛 흐릿하네.
가물대는 등잔불은 불꽃은 반 기울었고,
붉은 누각 서쪽으로 은하수가 기우누나.
변방 보낼 옷 다 짓고 싸늘해 잠 못들 제,
한밤중의 빗소리에 시든 연잎 우는구나.

木落千山江杳杳　秋天一雁秦雲曉
목락천산강묘묘　추천일안진운효

空階月皎蛬音長　蔓草露漙螢影小
공계월교공음장　만초로단형영소

耿耿蘭燈焰半斜　紅樓西面落星河
경경란등염반사　홍루서면낙성하

邊衣翦罷涼無睡　一夜雨聲鳴敗荷
변의전파량무수　일야우성명패하

신사무옥(辛巳誣獄) 때 처형을 당한 충암(沖菴) 김정(金淨 : 1486~1521)이 지은 이 시의 원제는 「사시사(四時詞)」이며, 『충암집(沖菴集)』에 실려 있다.

님을 보내며

달빛 아래 오동나무 잎새 다 지고,
서리 맞은 들국화는 노랗게 폈네.
누각 다락 높다라서 하늘에 닿고,
사람은 술 취하거니 천잔 술이네.
흐르는 물 거문고와 어울려 차고,
매화꽃은 젓대 들어 향을 풍기네.
내일 아침 이별하고 떠난 뒤에는,
그리는 정 푸른 물과 같이 길리라.

月下梧桐盡　霜中野菊黃
월하오동진　　상중야국황

樓高天一尺　人醉酒千觴
누고천일척　　인취주천상

流水和琴冷　梅花入笛香
유수화금랭　　매화입적향

明朝相別後　情與碧波長
명조상별후　　정여벽파장

중종 때의 기녀이자 여류시인이었던 명월(明月) 황진이(黃眞伊). 그녀의 시조가 현재까지 몇 수 전하고 있는데, 그녀가 지은 이 시의 원제는 「봉별소판서세양(奉別蘇判書世讓)」이며, 『대동시선(大東詩選)』에 실려 있다.

꿈길

그리운 님 만나는 건 꿈길서만 만나는데,
내가 님을 찾아갈 때 님은 나를 찾아오네.
바라노니 이 뒷날에 멀고도 먼 꿈꿀 때는,
같은 때에 꿈을 꾸어 가는 도중 만나기를.

相思相見只憑夢　儂訪歡時歡訪儂
상사상견지빙몽　농방환시환방농
願使遙遙他夜夢　一時同作路中逢
원사요요타야몽　일시동작로중봉

황진이가 지은 이 시의 원제는 「상사몽(相思夢)」이며, 『한국여류한시선』에 실려 있다.

가난

땅 궁벽해 찾아오는 사람 드물고,
산 깊어서 잡스러운 일은 드무네.
집 가난해 담가놓은 술이 없으매,
온 손님도 밤에 그냥 돌아가누나.

僻地人來少　山深俗事稀
벽지인래소　산심속사희
家貧無斗酒　宿客夜還歸
가빈무두주　숙객야환귀

중종 때의 여류시인 김임벽당(金林碧堂). 임벽당은 그녀의 호이자 그녀의 남편인 유여주(兪汝舟 : 1480~?)의 호다. 시집이 있다고 하나 현재는 전하지 않는다. 그녀가 지은 이 시의 원제는 「빈녀음(貧女吟)」이며, 『대동시선(大東詩選)』에 실려 있다.

친정 엄마

허연 머리 우리 엄마
강릉 땅서 외로우니,
서울 향해 홀로 가는
내 마음이 어떠하랴.
다시 한 번 고개 돌려
친정집을 바라보니,
흰 구름이 나는 곳에
저문 산만 푸르르네.

慈親鶴髮在臨瀛　身向長安獨去情
자친학발재림영　신향장안독거정
回首北邨時一望　白雲飛下暮山青
회수북촌시일망　백운비하모산청

율곡(栗谷) 이이(李珥)의 어머니 신사임당(申師任堂 : 1504~1551). 그녀는 명종(明宗) 때의 여류 화가이자 시인이다. 그녀가 지은 이 시의 원제는 「유대관령망친정(踰大關嶺望親庭)」이며, 『대동시선』에 실려 있다.

그리운 친정

천리 먼 길 만 겹 산 멀고도 먼 내 친정집,
그 곳으로 가고픈 맘 그 언제나 꿈속이네.
한송정 정자 가엔 외로이 뜬 둥근 달,
경포대 누각 앞엔 한 줄기 서늘 바람.
모래톱의 갈매기는 모였다가 흩어지고,
바닷가의 고깃배는 이리저리 오고가리.
그 언제나 나의 고향 강릉길을 다시 밟아,
엄마 앞서 춤을 추고 바느질을 해볼 거나.

千里家山萬疊峰　歸心長在夢魂中
천리가산만첩봉　귀심장재몽혼중

寒松亭畔孤輪月　鏡浦臺前一陣風
한송정반고륜월　경포대전일진풍

沙上白鷺恒聚山　波頭漁艇每西東
사상백로항취산　파두어정매서동

何時重踏臨瀛路　綵舞斑衣膝下縫
하시중답임영로　채무반의슬하봉

신사임당이 지은 이 시의 원제는 「사친(思親)」이며, 『대동시선』에 실려 있다.

눈물

봄 날씨가 쌀쌀하여 솜옷 깁는데,
깁창으로 봄 햇살이 쏟아져 오네.
머리 숙여 바느질손 놀리는 곳에,
눈물 방울 바늘땀에 뚝 떨어지네.

春冷補寒衣　紗窓日照時
춘랭보한의　사창일조시
低頭信手處　珠淚滴針線
저두신수처　주루적침선

선조(宣祖) 때의 기생이며 여류시인인 이매창(李梅窓). 매창은 그녀의 호이며, 다른 이름은 계랑(桂娘)이다. 그녀가 지은 이 시의 원제는 「자한(自恨)」이며, 『매창집(梅窓集)』에 실려 있다.

아니 오시는 님

삼월이라 봄바람은 저리 불어서,
곳곳마다 꽃잎 져서 흩날리누나.
거문고로 상사곡의 노래 뜯는데,
강남으로 가신 님은 아니 오시네.

東風三月時　處處落花飛
동풍삼월시　처처낙화비

綠綺相思曲　江南人未歸
녹기상사곡　강남인미귀

이매창이 지은 이 시의 원제는 「춘사(春思)」이며, 『매창집』에 실려 있다. 원문에 나오는 '녹기(綠綺)'는 중국의 사마상여(司馬相如)가 가지고 있었던 거문고 이름이다.

님 그리워 생겨난 병

봄날 탓에 병이 생긴 것이 아니라,
님 그리워 이내 몸에 병난 거라오.
티끌세상 괴로운 일 이리 많은데,
외로운 학 돌아가지 못하고 있네.

不是傷春病　只因憶玉郎
불시상춘병　지인억옥랑
塵寰多苦累　孤鶴未歸情
진환다고루　고학미귀정

이매창이 지은 이 시의 원제는 「병중(病中)」이며, 『매창집』에 실려 있다.

그리움에 지새는 밤

뒤뜰에는 배꽃 피고 두견새는 울어댈 제,
뜨락 가득 달빛 어려 스산하고 스산하네.
꿈길에서 만나려고 해도 되레 잠 아니와,
일어나서 창 기대자 새벽닭이 벌써 우네.

苑花梨花杜宇啼 滿庭蟾影更凄凄
원화이화두우제 만정섬영갱처처
相思欲夢還無寐 起倚梅窓聽五鷄
상사욕몽환무매 기의매창청오계

이매창이 지은 이 시의 원제는 「규중원(閨中怨)」이며, 『매창집』에 실려 있다.

사무친 그리움

애타는 맘 말이 없는 가운데 다 들었거니,
하룻밤의 시름으로 머리가 다 세었네요.
그리움에 사무친 이 소첩의 맘 알려거든,
제 손에 낀 가락지가 헐렁한 걸 보시어요.

相思都在不言裡　一夜心懷鬢半絲
상사도재불언리　일야심회빈반사
欲知是妾相思苦　須是金環減舊圍
욕지시첩상사고　수시금환감구위

이매창이 지은 이 시의 원제는 「규원(閨怨)」이며, 『매창집』에 실려 있다.

긴 봄날

비 온 뒤에 꽃가지는 낮은 담을 뒤덮었고,
작은 못물 새로 불어 원앙새가 멱 감누나.
시름 잠긴 여인네는 발 걷고서 보진 않고,
봄 들어서 해가 점점 길어진 걸 원망누나.

雨後花枝覆短墻　小塘新張浴鴛鴦
우후화지복단장　소당신창욕원앙
愁人無意鉤簾看　只怨春來日漸長
수인무의구렴간　지원춘래일점장

대북파(大北派)의 영수였으며, 선조(宣祖) 때 팔문장가(八文章家)의 한 사람으로 불렸던 아계(鵝溪) 이산해(李山海 : 1539~1609)가 지은 이 시의 원제는 「춘일(春日)」이며, 『아계유고(鵝溪遺稿)』에 실려 있다.

나뭇잎은 지는데

시월이라 하늘 기운 싸늘도 하여,
북녘 바람 쉬지 않고 불어오네요.
떠난 님은 돌아오지 아니 하는데,
산과 시내 험하고도 아득 머네요.
저와 서로 이별할 때 언약하기를,
낙엽 질 때 돌아오마 약속했는데.
뜰 앞 나무 잎새 져서 앙상하건만,
문 밖에는 찾아오는 소리 없네요.

十月天氣寒　朔風吹不休
십월천기한　삭풍취불휴

之子去不返　山川阻且脩
지자거불반　산천조차수

與我別時言　歸期趁落葉
여아별시언　귀기진락엽

庭前樹已空　門外跫音絶
정전수이공　문외공음절

이산해가 지은 이 시의 원제는 「의고(擬古)」이며, 『아계유고』에 실려 있다.

강가의 이별

내 모습은 꽃과 같아 젊음 쉬이 시드는데,
님의 맘은 버들개지 같아 폴폴 날려 가네.
바라노니 일백 척의 저 청류벽 옮겨 와서,
님이 타고 가는 배를 떠가지 못하게 하소.

이별하는 이들 매일 버들가지 꺾어 대어,
천 가지가 꺾어져도 사람들은 안 말리네.
아리따운 처자들은 눈물이 하 많은 탓에,
이는 연파 지는 해를 고금토록 시름하네.

호방한 성격으로 자유로이 살았던 백호(白湖) 임제(林悌 : 1549~1587)가 지은 이 시의 원제는 「패강가(浿江歌)」이며, 『임백호집(林白湖集)』에 실려 있다.

妾貌似花紅易減 郎心如絮去何輕
첩모사화홍역감 낭심여서거하경
願移百尺淸流壁 遮却蘭舟不放行
원이백척청류벽 차각란주불방행

離人日日折楊柳 折盡千枝人莫留
이인일일절양류 절진천지인막류
紅袖翠娥多少淚 煙波落日古今愁
홍수취아다소루 연파락일고금수

여심

그리운 님 오마하고 왜 안 오시나?
뜨락 매화 하마 저리 지려하는데.
가지 위서 짖어대는 까치 소리에,
거울 보며 서둘러서 눈썹 그리네.

有約來何晩　庭梅欲謝時
유약래하만　정매욕사시
忽聞枝上鵲　虛畵鏡中眉
홀문지상작　허화경중미

선조(宣祖) 때의 여류시인 옥봉(玉峰) 이숙원(李淑媛). 그녀를 흔히 이옥봉으로 부른다. 조원(趙瑗 : 1544~?)의 소실이기도 했던 그녀가 지은 이 시의 원제는 「규정(閨情)」이며, 『옥봉집(玉峰集)』에 실려 있다.

이별

님이 없는 내일 밤은 짧고 짧아도,
님을 모신 오늘 밤은 길고 길기를.
닭이 울어 벌써 날이 새려고 하매,
두 뺨으로 한이 없이 눈물 흐르네.

明宵雖短短　今夜願長長
명소수단단　금야원장장
鷄聲聽欲曉　雙臉淚千行
계성청욕효　쌍검누천행

이숙원이 지은 이 시의 원제는 「별한(別恨)」이며, 『옥봉집』에 실려 있다.

꿈속의 만남

요 근래에 님께서는 잘 지내고 계시나요?
깁창 비친 달 밝아서 저는 시름 깊답니다.
님께 가는 제 꿈길에 오간 자국 남는다면,
님 집 앞에 있는 돌들 반은 모래 됐을 걸요?

近來安否問如何　月到紗窓妾恨多
근래안부문여하　월도사창첩한다
若使夢魂行有跡　門前石路半成沙
약사몽혼행유적　문전석로반성사

이숙원이 지은 이 시의 원제는 「자술(自述)」이며, 『옥봉집』에 실려 있다.

그리움

버드나무 강 언덕에 말 울음이 들리더니,
술에 반쯤 깨어서는 누각 아래 내리시네.
그리움에 여윈 얼굴 거울 보기 부끄러워,
매화꽃 핀 창가에서 반달 눈썹 그려보네.

柳外江頭五馬嘶　半醒半醉下樓時
유외강두오마시　반성반취하루시

春紅欲瘦羞看鏡　試畫梅窓却月眉
춘홍욕유수간경　시화매창각월미

이숙원이 지은 이 시의 원제는 「만흥증랑(漫興贈郎)」이며, 『옥봉집』에 실려 있다.

내 마음은 어찌하여 괴롭단 말가

저녁 해는 서산 지고
달은 동쪽 떠오를 제,
등불 앞에 홀로 눕자,
세상 일 다 부질없네.
온 천지에 밤이 들면
저다지도 적막한데,
어찌하여 이내 맘은
이다지도 괴로운가?

斜暈西盡月出東　獨臥燈前萬事空
사훈서진월출동　독와등전만사공
天地夜來俱寂寞　如何煩惱此心中
천지야래구적막　여하번뇌차심중

이숙원이 지은 이 시의 원제는 「유회(有懷)」이며, 『옥봉집』에 실려 있다.

님 떠난 뒤에

깊은 정을 어이 쉽게 말하겠나요?
남에게 말 하려 하니 부끄럽네요.
우리 님이 저의 소식 물어보시면,
화장 아니 지우고서 있다고 하소.

深情容易寄　欲說更含羞
심정용이기　욕설갱함수
若問香閨信　殘粧獨倚樓
약문향규신　잔장독의루

이숙원이 지은 이 시의 원제는 「이원(離怨)」이며, 『옥봉집』에 실려 있다.

여자 마음 남자 마음

낭군께선 둑가 버들 좋아하였고,
이 소첩은 고개 위 솔 좋아했지요.
버들개지 바람 불자 어지럽더니,
바람 따라 이리저리 흩날리네요.
겨울에도 그 자태가 변하지 않는,
늘 푸르른 소나무와 같지 않아서,
좋아하고 싫어함이 항상 변함에,
제 마음은 걱정으로 가득하네요.

君好堤邊柳　妾好嶺頭松
군호제변류　첩호영두송

柳絮忽飄蕩　隨風無定蹤
유서홀표탕　수풍무정종

不如歲寒姿　靑靑傲窮冬
불여세한자　청청오궁동

好惡苦不定　憂心徒忡忡
호악고불정　우심도충충

난설헌(蘭雪軒)의 오빠이자 허균(許筠)의 형인 하곡(荷谷) 허봉(許篈 : 1551~1588)이 그의 동생인 난설헌을 위해 지었다고 하는 이 시의 원제는 「감우(感遇)」이며, 『하곡집(荷谷集)』에 실려 있다.

연지분

일흔 살의 늙은 과부 혼자 살면서,
단정하게 텅 빈 방을 지키고 있네.
옆집 사람 시집가라 쓸쩍 권하며,
남자 얼굴 꽃처럼 잘 생겼다 하네.
늙은 과부 말했다네, 내 글을 익혀,
아녀자의 도리 조금 알고 있다오.
흰 머리에 분단장해 얼굴 꾸미면,
연지분이 나를 보고 뭐라 않겠소?

七十老孀婦　單居守空壼
칠십노상부　단거수공곤

慣讀女史詩　頗知妊訓訓
관독여사시　파지임사훈

傍人勸之嫁　善男顔如槿
방인권지가　선남안여근

白首作春容　寧不愧脂粉
백수작춘용　영불괴지분

유몽인이 지은 이 시의 원제는 「제보개산사벽(題寶蓋山寺壁)」이며, 『어우집(於于集)』에 실려 있다.

금비녀

소첩에게 금비녀가 하나 있지요.
시집올 때 머리에다 꽂고 온 거죠.
오늘 길을 떠나가는 님께 드리니,
천리 먼 곳 있어도 절 생각하세요.

妾有黃金釵　嫁時爲首飾
첩유황금채　가시위수식
今日贈君行　千里長相憶
금일증군행　천리장상억

선조 때의 여류시인으로, 이름은 초희(楚姬), 호는 난설헌, 허봉(許篈)의 누이동생이며, 김성립(金誠立)의 아내였던 허난설헌(許蘭雪軒 : 1563~1589). 그녀가 지은 이 시의 원제는 「효최국보체(效崔國輔體)」이며, 『난설헌집(蘭雪軒集)』에 실려 있다.

홀로 자는 밤

연못가의 버들잎은 거의 다 졌고,
오동잎은 우물 위에 떨어지네요.
발 밖에는 가을벌레 울어대는데,
날씨 찬데 이불마저 이리 얇네요.

池頭楊柳疏　井上梧桐落
지두양류소　정상오동락
簾外候蟲聲　天寒錦衾薄
염외후충성　천한금금박

허난설헌이 지은 이 시의 원제는 「효최국보체」이며, 『난설헌집』에 실려 있다.

낙화

봄비 내려 서쪽 연못 자욱해지자,
싸늘 기운 깁 휘장에 스며드네요.
시름겨운 저는 병풍 기대 있는데,
담장 가의 살구나무 꽃이 지네요.

春雨暗西池　輕寒襲羅幕
춘우암서지　경한습라막

愁倚小屛風　墻頭杏花落
수의소병풍　장두행화락

허난설헌이 지은 이 시의 원제는 「효최국보체」이며, 『난설헌집』에 실려 있다.

난초

하늘대는 창가 난초 곱기도 해라.
이파리가 어쩜 저리 향기로울까.
서쪽에서 가을바람 한번 불으매,
슬프게도 찬 서리에 시들었구나.
빼어났던 그 자태는 시들었지만,
맑은 향기 사라지지 아니했구나.
그 모습 보노라니 나의 맘 아파,
흐른 눈물 옷소매를 적시는구나.

盈盈窓下蘭　枝葉何芬芳
영영창하란　지엽하분방

西風一披拂　零落悲秋霜
서풍일피불　영락비추상

秀色縱凋悴　淸香終不死
수색종조췌　청향종불사

感物傷我心　涕淚沾衣袂
감물상아심　체루첨의메

허난설헌이 지은 이 시의 원제는 「감우(感遇)」이며, 『난설헌집』에 실려 있다.

한스러운 가을밤

붉은 비단 가리개에 밤 등불은 빛 밝은데,
꿈을 깨니 비단 이불 한쪽 비어 허전하네.
찬 서리에 새장 속의 앵무새는 홀로 울고,
뜨락 가득 오동 잎새 가을바람 속에 지네.

絳紗遙隔夜燈紅　夢覺羅衾一半空
강사요격야등홍　몽각나금일반공

霜冷玉籠鸚鵡語　滿階梧葉落西風
상냉옥롱앵무어　만계오엽낙서풍

허난설헌이 지은 이 시는 이숙원의 『옥봉집』에도 들어있는데, 시의 원제는 「추한(秋恨)」이며, 『난설헌집』에 실려 있다.

그리워라 옛적 같이 놀던 친구들

옛적 놀던 길가에다 초가집 짓고,
흘러가는 큰 강물을 매일 본단다.
거울 위에 새긴 난새 늙어만 가고,
꽃동산의 나비 벌써 가을 신세네.
찬 모래엔 기러기들 내려와 앉고,
저녁 비가 오는 속에 배 홀로 오네.
하룻밤 새 비단 창문 닫힌 신세라,
옛적 놀던 생각이 나 못 견딘단다.

허난설헌이 지은 이 시의 원제는 「기여반(寄女伴)」이며, 『난설헌집』에 실려 있다.

結廬臨古道　日見大江流
결려임고도　일견대강류
鏡匣鸞將老　花園蝶已秋
경갑난장로　화원접이추
寒沙初下雁　暮雨獨歸舟
한사초하안　모우독귀주
一夕紗窓閉　那堪憶舊遊
일석사창폐　나감억구유

여인의 원망

첩은 마치 오월달의 바람과 같아,
바람 불면 나무 열매 맺혀지지요.
당신께선 춘삼월의 바람과 같아,
붉은 꽃을 차지하는 것만 알지요?

하늘에는 짝을 지어 나는 새 있고,
물엔 짝을 지어 노는 고기 있네요.
첩의 맘은 그들 같이 살고 싶은데,
당신 맘은 안 그래서 걱정 되네요.

妾如五月風　風吹花結子
첩여오월풍　　풍취화결자
郎如三月風　秪解管紅紫
낭여삼월풍　　지해관홍자

上有雙棲鳥　下有雙游魚
상유쌍서조　　하유쌍유어
妾心自如此　但恐郎不如
첩심자여차　　단공낭불여

대제학과 영의정을 지냈으며, 조선조 한문사대가(漢文四大家) 가운데 한 사람인 상촌(象村) 신흠(申欽 : 1566~1628)이 지은 이 시의 원제는 「유기지만전구시증(有妓持蠻牋求詩書贈)」이며, 『상촌집(象村集)』에 실려 있다.

잊혀진 여인

첩이 처음 당신에게 시집올 적엔,
방년으로 막 머리를 올린 때라서,
고운 자태 봄빛조차 무색하였고,
뽀얀 얼굴 둥근달과 같았었지요.
얼굴 곱게 꾸미기만 일삼았거니,
사랑 식을 줄을 어찌 알았겠나요.
둘이 함께 즐긴 때가 얼마인가요?
당신께선 자주 멀리 노닐었지요?
남정네의 신의만을 중히 여기니,
사사로운 정이 어찌 있었으리요.
당신께선 언덕 위의 구름과 같아,
동쪽 서쪽 여기저기 내달렸지요.
첩은 마치 뿌리 잘린 풀과 같아서,
바람서리 맞아 시든 것과 같네요.
당신 맘이 이 소첩의 맘과 같다면,

길이 먼 길 떠나가지 않았을 걸요?
첩은 당신 원망하는 것이 아니라,
속에 쌓인 것을 말할 뿐이랍니다.

憶妾初嫁君　芳年纔結髮
억첩초가군　방년재결발

艷態奪春色　韶容嬌滿月
염태탈춘색　소용교만월

但解事夭冶　那知有衰歇
단해사요야　나지유쇠헐

同歡問幾時　丈夫輕遠遊
동환문기시　장부경원유

一劍重然諾　私情安得留
일검중연낙　사정안득류

君如隴頭雲　東馳復西走
군여농두운　동치부서주

妾似斷根草　憔悴風霜後
첩사단근초　초췌풍상후

君心似妾心　未應長遠道
군심사첩심　미응장원도

妾心不怨君　徒自縈中抱
첩심불원군　도자영중포

신흠이 지은 이 시의 원제는 「규원(閨怨)」이며, 『상촌집』에 실려 있다.

먼 변방에 계신 님께

가을 등불 홀로 벗해 아침까지 앉아서는,
아스라이 먼 변방에 계신 님을 그리네요.
평생토록 관하 가는 길 가보진 않았지만,
어제 밤엔 내 분명코 꿈속에서 갔었네요.

獨伴秋燈坐到明　念君迢遞在邊城
독반추등좌도명　염군초체재변성
平生不識關河路　昨夜分明夢裏行
평생불식관하로　작야분명몽리행

송강(松江) 정철(鄭澈)의 문인으로, 시재가 뛰어났으며 잘못된 사회상을 비판 풍자한 것으로 유명한 석주(石洲) 권필(權韠 : 1569~1612). 그는 광해군의 뜻을 거슬러 유배를 가던 중 마흔넷의 나이로 죽었다. 그가 지은 이 시의 원제는 「대인기원(代人寄遠)」이며, 『석주집(石洲集)』에 실려 있다.

거울이야 있건마는

저에게는 장식을 한 거울 있어서,
당신께서 처음 준 때 생각합니다.
당신 가고 거울만이 남아 있지만,
거울보고 다신 눈썹 안 그립니다.

妾有菱花鏡　憶君初贈時
첩유능화경　억군초증시
君歸鏡空在　不復照蛾眉
군귀경공재　불부조아미

평생을 가난하게 살면서 시를 즐겼으며, 여항(閭巷) 시인들로부터 존경을 받았던 구곡(龜谷) 최기남(崔奇男 : 1586~?). 그가 지은 이 시의 원제는 「원사(怨詞)」이며, 『구곡시고(龜谷詩稿)』에 실려 있다.

짝 잃은 제비

짝을 지어 사는 제비 짝지어 날며,
슬픈 이별 있는 줄도 아예 몰랐네.
바다 가에 둘이 함께 날아왔다가,
구름 속서 홀연 서로 헤어졌다네.
각자 천리 멀리 서로 떨어졌거니,
어느 날에 둘이 서로 만나려는가.
혹시라도 짝을 만날 수만 있다면,
긴 냇물도 서슴없이 건너서 가리.

雙燕雙雙飛　不知有離別
쌍연쌍쌍비　부지유리별

海上共飛來　雲間忽相失
해상공비래　운간홀상실

散落各千里　會合知何日
산락각천리　회합지하일

倘得往從之　川長不辭越
당득왕종지　천장불사월

정치적으로는 불운하였으나 당대 최고의 문장가로 손꼽혔던 동명(東溟) 정두경(鄭斗卿 : 1597~1673)이 지은 이 시의 원제는 「쌍연리(雙燕離)」이며, 『동명집(東溟集)』에 실려 있다.

짝 지어 노는 원앙

봄이 오고 다시금 또 봄이 왔는데,
봄날 빛은 그 얼마나 머물 것인가.
님과 서로 이별한 게 어제 같은데,
구름 같던 머리 이미 세어 성그네.
봄바람은 복사 오얏 꽃 위에 불고,
떠도는 님 하늘가의 저 끝에 있네.
하늘 저 끝 아득하니 멀고도 머나,
비추는 달 천리 멀리 다 비추누나.
관산 땅의 하얀 눈을 님은 넘거니,
소상 강의 푸른 물을 첩은 원망네.
푸른 강물 어쩜 저리 넓고도 넓나,
그 가운데 짝을 이룬 원앙새 노네.
그 원앙새 남쪽 북쪽 오고 가거니,
그를 보자 님 그리워 애간장 녹네.

陽春復陽春　春色復幾時
양춘부양춘　춘색부기시

別離如昨日　雲鬢已成絲
별리여작일　운빈이성사

東風吹桃李　遊子天一涯
동풍취도리　유자천일애

天一涯　月千里
천일애　월천리

君度關山之白雪　妾怨瀟湘之綠水
군도관산지백설　첩원소상지록수

綠水何浩浩　中有雙鴛鴦
녹수하호호　중유쌍원앙

飛來飛去南又北　見此相思空斷腸
비래비거남우북　견차상사공단장

정두경이 3, 5, 7언의 장단구(長短句)로 지은 이 시의 원제는 「양춘가(陽春歌)」이며, 『동명집』에 실려 있다.

작은 주머니

초록 빛깔 상사비단 마름질하여,
바느질해 주머니를 만든 다음에,
삼층으로 나비매듭 고이 맺어서,
곱디고운 손으로다 낭군께 줬네.

草綠相思緞　雙針作耳囊
초록상사단　쌍침작이낭
結親三層蝶　倩手奉阿郎
결친삼층접　천수봉아랑

소품체(小品體)를 구사하여 과거 응시자격을 박탈당해 벼슬길에 나가지 못하였던 문무자(文無子) 이옥(李鈺 : 1760~1816). 그는 사(詞)에 특히 뛰어났는데, 그가 지은 이 시의 원제는 「아조(雅調)」이며, 『대동시선(大東詩選)』에 실려 있다.

가을날의 풍경

하늘에는 흰 구름이 두둥 떠있고,
먼 들에선 사람들이 돌아가는데,
푸른 강엔 한가로운 조각배 하나,
바람 불자 해오라기 날아오르네.

連天白雲多　遠野行人歸
연천백운다　원야행인귀
蒼江舟楫斜　風吹白鷺飛
창강주즙사　풍취백로비

영조 때의 여류시인으로, 시를 잘 짓기로 이름 높았던 신광수(申光洙)의 누이동생인 신부용당(申芙蓉堂 : 1732~1791). 그녀가 지은 이 시의 원제는 「추일(秋日)」이며, 『부용시선(芙蓉詩選)』에 실려 있다.

그리워라 내 살던 곳

내가 살던 연못가에 있던 그 집은,
홀로 외져 신선 사는 집과 같았네.
바위 절벽 서로 비춰 영롱하였고,
소나무는 빙 둘러서 높이 자랐네.
흥이 일면 반석 위로 나가 앉아서,
작은 고기 하나 하나 세어 보았고,
거문고를 끌어안고 달 희롱할 땐,
흰 구름이 서재 안에 가득 들었네.

潭上有吾廬　迢遞似仙居
담상유오려　초체사선거

巖壁相玲瓏　杉松澆扶疏
암벽상영롱　삼송요부소

乘興坐盤石　隨意數細魚
승흥좌반석　수의수세어

抱琴還弄月　白雲滿床書
포금환농월　백운만상서

정조 때의 여류시인으로, 시에 뛰어났던 홍원주(洪原周)의 어머니 서영수합(徐令壽閤 : 1753~1823). 그녀가 지은 이 시의 원제는 「억청담(憶靑潭)」이며, 『영수합고(令壽閤稿)』에 실려 있다.

다듬이질

얇디 얇은 홑옷으로 추위를 못 이기거니,
일년중에 오늘 바로 달이 가장 둥글구나.
낭군께선 부쳐준 옷 오길 기다릴 것이매,
다듬잇돌 앞 앉으니 밤은 벌써 깊었구나.

薄薄輕衫不勝寒　一年今夜月團團
박박경삼불승한　일년금야월단단
阿郎應待寄衣到　强對淸砧坐夜闌
아랑응대기의도　강대청침좌야란

정조 때의 여류시인으로, 남편에 대한 사랑이 지극하였으며, 남편과 서로 시를 주고받은 것으로 유명한 김삼의당(金三宜堂 : 1769~?). 그녀가 지은 이 시의 원제는 「도의사(擣衣詞)」이며, 『삼의당고(三宜堂稿)』에 실려 있다.

이별 시름

춘흥 겨워 깁창에서 시를 몇 수 지었더니,
매 편마다 그리운 맘 절로 노래하게 되네.
앞으로는 문 앞에다 부디 버들 심지 마소,
인간 세상 이별 있게 하는 것이 얄밉다오.

春興紗窓幾首詩　篇篇只自道相思
춘흥사창기수시　편편지자도상사
莫將楊柳種門外　生憎人間有別離
막장양류종문외　생증인간유별리

김삼의당이 지은 이 시의 원제는 「춘규사(春閨詞)」이며, 『삼의당고』에 실려 있다. 마지막 구절은, 옛날에 이별할 때 버들가지를 꺾어 주는 풍습이 있었으므로 이렇게 말한 것이다.

이불 자락에 스민 눈물

사람 없는 깁창 가에 해는 점점 저무는데,
땅에 가득 꽃 지는데 겹 대문은 닫혔네요.
한밤 내내 님 그리는 이 괴로움 알려거든,
비단 이불 자락 잡고 눈물 흔적 살펴보소.

人靜紗窓日色暮　落花滿地掩重門
인정사창일색모　낙화만지엄중문
欲知一夜相思苦　試把羅衾檢淚痕
욕지일야상사고　시파나금검누흔

김삼의당이 지은 이 시의 원제는 「춘규사」이며, 『삼의당고』에 실려 있다.

이 좋은 봄 올해도 또 그냥 보내네

님 그리워 밤에도 잠 못 이루는데,
누굴 위해 아침마다 거울을 보랴.
동산에는 복사 살구 꽃 피었건만,
올해에도 좋은 경치 그냥 보내네.

思君夜不寐　爲誰對朝鏡
사군야불매　위수대조경
小園桃李發　又送一年景
소원도리발　우송일년경

김삼의당이 지은 이 시의 원제는 「춘경(春景)」이며, 『삼의당고』에 실려 있다.

여자의 마음

조용하게 창밖으로 나와 거닐 새,
창밖에는 봄날의 해 더디게 가네.
꽃을 꺾어 머리에다 살짝 꽂으니,
벌과 나비 지나가다 앉으려 하네.

從容步窓外　窓外日遲遲
종용보창외　창외일지지
折花揷玉鬢　蜂蝶過相窺
절화삽옥빈　봉접과상규

•

김삼의당이 지은 이 시의 원제는 「절화(折花)」이며, 『삼의당고』에 실려 있다.

맑은 삶

조각하늘 푸른 속의 저녁 구름 가이거니,
온갖 만상 개벽하던 때와 같이 새롭구나.
눈치 잽싼 계집종이 차를 달여 올리려고,
달빛 새는 솔숲에서 맑은 샘물 길러오네.

片天青綻暮雲邊　萬象新同開闢年
편천청탄모운변　만상신동개벽년

解事奚童將煎茗　漏松缺月汲淸泉
해사해동장전명　누송결월급청천

순조 때의 여류시인으로, 경사(經史)에 밝았으며 평생 남자로 태어나지 못한 것을 한탄하였다는 김금원(金錦園 : 1817~?). 그녀가 지은 이 시의 원제는 「해동(奚童)」이며, 『호동서락기(湖東西洛記)』에 실려 있다.

가난한 아내

내 남편을 흠모하여 찾아오신 분,
아득 멀리 북쪽에서 오셨다 하네.
가난하니 음식 어찌 마련을 하랴.
술 석 잔만 겨우겨우 차려 올리네.

遠人慕夫子　云自北關來
원인모부자　운자북관래
家貧曷飮食　唯有酒三盃
가빈갈음식　유유주삼배

순조 때의 여류시인으로, 시문과 글씨 및 그림에 두루 뛰어났던 강정일당(姜靜一堂 : 1772~1832)이 지은 이 시의 원제는 「객래(客來)」이며, 『정일당유고(靜一堂遺稿)』에 실려 있다.

매화

일찌감치 봄빛 온통 다 차지하려,
성긴 가지 달빛 띠고 비스듬하네,
바람 따라 그윽한 향 풍겨오나니,
옥 나무가 눈 속에서 꽃피웠구나!

獨擅春光早　疎枝帶月斜
독천춘광조　소지대월사
隨風暗香動　玉樹雪中花
수풍암향동　옥수설중화

홍원주(洪原周)는 헌종 때의 여류시인으로, 호는 유한당(幽閒堂)이다. 여류시인인 서영수합(徐令壽閤)의 딸이기도 하다. 그녀가 지은 이 시의 원제는 「차당인매화(次唐人梅花)」이며, 『유한당시집(幽閒堂詩集)』에 실려 있다.

사립문

봄바람이 홀연 불어 화창하더니,
산으로 해 기울어서 황혼지네요.
끝내 아니 오실 줄을 잘 알면서도,
사립문을 닫노라니 맘 아프네요.

春風忽駘蕩　山日又黃昏
춘풍홀태탕　산일우황혼
亦知終不至　猶自惜關門
역지종부지　유자석관문

채소염(蔡小琰)은 연대 미상의 평안도 양덕(陽德) 기생이다. 그녀가 지은 이 시의 원제는 「증정인(贈情人)」이며, 『동양역대여사시선(東洋歷代女史詩選)』에 실려 있다.

님 기다리는 맘

달이 뜨면 오마하고 약속하신 님,
달떴는데 우리 님은 아니 오시네.
생각건대 낭군님이 계신 그 곳엔,
산 높아서 달이 늦게 떠서이리라.

郎云月出來　月出郎不來
낭운월출래　월출낭불래
想應君在處　山高月上遲
상응군재처　산고월상지

기녀로 자세한 이력이 미상인 능운(凌雲)이 지은 이 시의 원제는 「대낭군(待郎君)」이며, 『대동시선』에 실려 있다.

친정 생각

난간 가에 기대이자
이내 한은 다시 긴데,
북풍은 눈 불어오고
어둠 내려 깔리누나.
몇 마디의 기럭 소리
구름 밖서 들려오매,
동쪽으로 친정 보니
하늘 저쪽 아스랗네.

獨倚欄干恨更長　北風吹雪夜昏黃
독의난간한갱장　북풍취설야혼황
數聲鴻雁遠雲外　東望故園天一方
수성홍안원운외　동망고원천일방

철종 때의 여류시인으로, 어려서부터 경사(經史)를 탐독했고 시에 뛰어났다는 반아당(半啞堂) 박죽서(朴竹西). 그녀가 지은 이 시의 원제는 「사고향(思故鄕)」이며, 『죽서시집(竹西詩集)』에 실려 있다.

안 오시는 님

거울 속의 내 얼굴이 초췌해도 안 놀라니,
이내 마음 새장 갇힌 흰 갈매기 같아서네.
님 계신 곳 지척이나 천리인 양 멀거니와,
지는 해를 수심 속에 바라보다 문 닫누나.

莫驚憔悴鏡中顔　心似金籠鎖白鷗
막경초췌경중안　심사금롱쇄백구
咫尺還如千里遠　愁看落日掩柴門
지척환여천리원　수간낙일엄시문

박죽서가 지은 이 시의 원제는 「봉정(奉呈)」이며, 『죽서시집』에 실려 있다.

애타는 맘

거울 속의 병든 나를 뉘 가여워해 주리오,
원망 탓에 생긴 병은 약으로 못 고친다오.
다음 생에 님과 내가 바뀌어서 태어나면,
오늘밤의 애타는 맘 님도 그땐 아실 거요.

鏡裏誰憐病已成　不須醫藥不須驚
경리수련병이성　불수의약불수경
他生若使君如我　應識相思此夜情
타생약사군여아　응식상사차야정

박죽서가 지은 이 시의 원제는 「기정(寄情)」이며, 『죽서시집』에 실려 있다.

시름

한 백년을 사는 인생 백년토록 시름이매,
예로부터 이런 가을 젤 견디기 어려웠네.
불어대는 가을바람 오동 가지 끝 스치매,
잎새마다 정에 얽혀 다락 아래 떨어지네.

百年人在百年愁　從古難堪最是秋
백년인재백년수　종고난감최시추
西風偏入梧桐樹　葉葉關情墮下樓
서풍편입오동수　엽엽관정타하루

박죽서가 지은 이 시의 원제는 「추사(秋思)」이며, 『죽서시집』에 실려 있다.

병을 앓고 나서

앓고 나니 살구꽃의 시절 하마 지났으매,
부질없는 마음 마치 떠다니는 배 같구나.
아무 일도 없는 것이 초목이나 똑같으며.
그윽한 삶 신선되려 그런 것도 아니라네.
상자 속의 시편들은 그 누구와 화답하며,
거울 속의 마른 모습 스스로가 가엽구나.
이십삼 년 세월 동안 무얼 하고 보냈던가?
바느질로 반 보내고 시편으로 반 보냈네.

病餘已度杏花天　心似搖搖不繫船
병여이도행화천　심사요요불계선

無事只應同草木　幽居不是學神仙
무사지응동초목　유거불시학신선

篋中短句誰相和　鏡裏癯容却自憐
협중단구수상화　경리구용각자련

二十三年何所業　半消針線半詩篇
이십삼년하소업　반소침선반시편

박죽서가 지은 이 시의 원제는 「병후(病後)」이며, 『죽서시집』에 실려 있다.

봄날 저녁

봄 들판에 뉘엿뉘엿 해가 져가고,
사방 산에 푸른 이내 일어나누나.
제비들은 제 둥지를 찾아서 가고,
마을 집들 저녁연기 속에 잠기네.

日落春原上　四山嵐氣碧
일락춘원상　사산남기벽
玄鳥尋棲入　柴門煙火夕
현조심서입　시문연화석

고종 때의 여류시인으로, 나이 열다섯에 시집을 가서 곧바로 홀로 되었다고 하는 김청한당(金淸閒堂 : 1853~1890). 그녀가 지은 이 시의 원제는 「춘석즉경(春夕卽景)」이며, 『청한당산고(淸閒堂散稿)』에 실려 있다.

아내가 떠나기 일주일전의 모습. 2011년 6월 15일